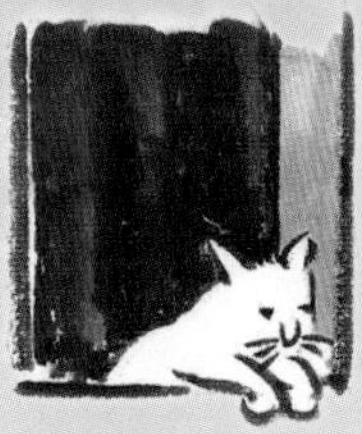

不宠无惊
过一生

丰子恺 著

人民文学出版社

图书在版编目（CIP）数据

不宠无惊过一生/丰子恺著. —北京：人民文学出版社，2023
（中国名家谈人生系列）
ISBN 978-7-02-018219-0

Ⅰ.①不… Ⅱ.①丰… Ⅲ.①散文集—中国—当代 Ⅳ.①I267

中国国家版本馆CIP数据核字（2023）第171505号

责任编辑　刘　伟
装帧设计　黄云香
责任印制　任　祎

出版发行　人民文学出版社
社　　址　北京市朝内大街166号
邮政编码　100705

印　　刷　三河市中晟雅豪印务有限公司
经　　销　全国新华书店等

字　　数　130千字
开　　本　850毫米×1168毫米　1/32
印　　张　8.75　插页11
印　　数　1—5000
版　　次　2023年10月北京第1版
印　　次　2023年10月第1次印刷

书　　号　978-7-02-018219-0
定　　价　49.00元

如有印装质量问题，请与本社图书销售中心调换。电话：010-65233595

·郎骑竹马来·

·两小无嫌猜·

·姊妹·

· 孤云 ·

·还有五里路·

· 惊呼 ·

·除夜·

·哀鸣·

· 天空任鸟飞 ·

·绿酒一卮红上面·

· 小桌呼朋三面坐 ·

·梁上燕，轻罗扇，好风又落桃花片·

·豁然开朗·

· 今夜故人来不来 ·

· 白云无事常来往 ·

·水光山色与人亲·

目　录

儿女情长

剪网 ___ 003

渐 ___ 007

儿女 ___ 013

闲居 ___ 019

从孩子得到的启示 ___ 023

姓 ___ 030

忆儿时 ___ 033

阿难 ___ 042

大帐簿 ___ 046

秋 ___ 053

给我的孩子们 ___ 058

车厢社会

送考 ___ 067

素食以后 ___ 073

沙坪小屋的鹅 ___ 077

白象 ___ 084

阿咪 ___ 089

山水间的生活 ___ 094

宴会之苦 ___ 099

我与弘一法师 ___ 106

不惑之礼 ___ 113

古稀之贺 ___ 118

洋式门面 ___ 123

赤栏桥外柳千条 ___ 129

禁止攀折 ___ 135

护生护心

从梅花说到美 ___ 145

从梅花说到艺术 ___ 156

美与同情 ___ 165

深入民间的艺术 ___ 171

图画与人生 ___ 184

写生世界（上）___ 194

写生世界（下）___ 197

月的大小 ___ 203

都会艺术 ___ 208

无学校的教育 ___ 215

乡愁与艺术 ___ 243

音乐与人生 ___ 257

怎样唱歌 ___ 261

精神的粮食 ___ 266

白马读书录（一）___ 268

儿女情长

剪　网*

大娘舅①白相了"大世界"②回来。把两包良乡栗子在桌子上一放,躺在藤椅子里,脸上现出欢乐的疲倦,摇摇头说:

"上海地方白相真开心! 京戏,新戏,影戏,大鼓,说书,变戏法,甚么都有;吃茶,吃酒,吃菜,吃点心,由你自选;还有电梯,飞船,飞轮,跑冰……老虎,狮子,孔雀,大蛇……真是无奇不有! 唉,白相真开心,但是一想起铜钱就不开心。上海地方用铜钱真容易! 倘然白相不要铜钱,哈哈哈哈……"

我也陪他"哈哈哈哈……"。

---

* 本篇原载1928年1月《一般》杂志第4卷第1号,署名:子恺。
① 大娘舅,指作者之妻徐力民之大哥,这里是按照儿女们的称呼。
② "大世界",当时上海一个著名游乐场。

大娘舅的话真有道理！"白相真开心，但是一想起铜钱就不开心"，这种情形我也常常经验。我每逢坐船，乘车，买物，不想起钱的时候总觉得人生很有意义，对于制造者的工人与提供者的商人很可感谢。但是一想起钱的一种交换条件，就减杀了一大半的趣味。教书也是如此：同一班青年或儿童一起研究，为一班青年或儿童讲一点学问，何等有意义，何等欢喜！但是听到命令式的上课铃与下课铃，做到军队式的"点名"，想到商贾式的"薪水"，精神就不快起来，对于"上课"的一事就厌恶起来。这与大娘舅的白相大世界情形完全相同。所以我佩服大娘舅的话有道理，陪他一个"哈哈哈哈……"。

原来"价钱"的一种东西，容易使人限制又减小事物的意义。譬如像大娘舅所说："共和厅里的一壶茶要两角钱，看一看狮子要二十个铜板。"规定了事物的代价，这事物的意义就被限制，似乎吃共和厅里的一壶茶等于吃两只角子，看狮子不外乎是看二十个铜板了。然而实际共和厅里的茶对于饮者的我，与狮子对于看者的我，趣味决不止这样简单。所以倘用估价钱的眼光来看事物，所见的世间就只有钱的一种东西，而更无别的意义，于是一切事物的意义就被减小了。"价钱",就是使事物与钱发生关系。可知世间其他一切的"关系",都是足以妨碍事物的本身的存在的真意义的。故我们倘要认识事物的本身的存在的真意义,就非撤去其对于世间的一切关系不可。

大娘舅一定能够常常不想起铜钱而白相大世界,所以能这样开心而赞美。然而他只是撤去"价钱"的一种关系而已。倘能常常不想起世间一切的关系而在这世界里做人,其一生一定更多欢慰。对于世间的麦浪,不要想起是面包的原料;对于盘中的橘子,不要想起是解渴的水果;对于路上的乞丐,不要想起是讨钱的穷人;对于目前的风景,不要想起是某镇某村的郊野。倘能有这种看法,其人在世间就像大娘舅白相大世界一样,能常常开心而赞美了。

我仿佛看见这世间有一个极大而极复杂的网,大大小小的一切事物,都被牢结在这网中,所以我想把握某一种事物的时候,总要牵动无数的线,带出无数的别的事物来,使得本物不能孤独地明晰地显现在我的眼前,因之永远不能看见世界的真相,大娘舅在大世界里,只将其与"钱"相结的一根线剪断,已能得到满足而归来。所以我想找一把快剪刀,把这个网尽行剪破,然后来认识这世界的真相。

艺术，宗教，就是我想找求来剪破这"世网"的剪刀吧！

丁卯〔1927〕年十月[①]

---

① 本文篇末原未署日期。这里所署的日期是发表在《一般》杂志时篇末所署。

渐*

使人生圆滑进行的微妙的要素，莫如"渐"；造物主骗人的手段，也莫如"渐"。在不知不觉之中，天真烂漫的孩子"渐渐"变成野心勃勃的青年；慷慨豪侠的青年"渐渐"变成冷酷的成人；血气旺盛的成人"渐渐"变成顽固的老头子。因为其变更是渐进的，一年一年地、一月一月地、一日一日地、一时一时地、一分一分地、一秒一秒地渐进，犹如从斜度极缓的长远的山坡上走下来，使人不察其递降的痕迹，不见其各阶段的境界，而似乎觉得常在同样的地位，恒久不变，又无时不有生的意趣与价值，于是人生就被确实肯

---

* 本篇原载1928年6月《一般》杂志第5卷第2号，署名：婴行。新中国成立后作者收入自编的《缘缘堂随笔》（人民文学出版社1957年11月初版）时，文末略有改动。

定,而圆滑进行了。假使人生的进行不像山坡而像风琴的键板,由 do 忽然移到 re,即如昨夜的孩子今朝忽然变成青年;或者像旋律的"接离进行"地由 do 忽然跳到 mi,即如朝为青年而夕暮忽成老人,人一定要惊讶、感慨、悲伤,或痛感人生的无常,而不乐为人了。故可知人生是由"渐"维持的。这在女人恐怕尤为必要:歌剧中,舞台上的如花的少女,就是将来火炉旁边的老婆子,这句话,骤听使人不能相信,少女也不肯承认,实则现在的老婆子都是由如花的少女"渐渐"变成的。

人之能堪受境遇的变衰,也全靠这"渐"的助力。巨富的纨绔子弟因屡次破产而"渐渐"荡尽其家产,变为贫者;贫者只得做佣工,佣工往往变为奴隶,奴隶容易变为无赖,无赖与乞丐相去甚近,乞丐不妨做偷儿……这样的例,在小说中,在实际上,均多得很。因为其变衰是延长为十年二十年而一步一步地"渐渐"地达到的,在本人不感到什么强烈的刺激。故虽到了饥寒病苦刑笞交迫的地步,仍是熙熙然贪恋着目前的生的欢喜。假如一位千金之子忽然变了乞丐或偷儿,这人一定愤不欲生了。

这真是大自然的神秘的原则,造物主的微妙的功夫!

阴阳潜移，春秋代序，以及物类的衰荣生杀，无不暗合于这法则。由萌芽的春"渐渐"变成绿阴的夏；由凋零的秋"渐渐"变成枯寂的冬。我们虽已经历数十寒暑，但在围炉拥衾的冬夜仍是难于想象饮冰挥扇的夏日的心情；反之亦然。然而由冬一天一天地、一时一时地、一分一分地、一秒一秒地移向夏，由夏一天一天地、一时一时地、一分一分地、一秒一秒地移向冬，其间实在没有显著的痕迹可寻。昼夜也是如此：傍晚坐在窗下看书，书页上"渐渐"地黑起来，倘不断地看下去（目力能因了光的渐弱而渐渐加强），几乎永远可以认识书页上的字迹，即不觉昼之已变为夜。黎明凭窗，不瞬目地注视东天，也不辨自夜向昼的推移的痕迹。女儿渐渐长大起来，在朝夕相见的父母全不觉得，难得见面的远亲就相见不相识了。往年除夕，我们曾在红蜡烛底下守候水仙花的开放，真是痴态！倘水仙花果真当面开放给我们看，便是大自然的原则的破坏，宇宙的根本的摇动，世界人类的末日临到了！

"渐"的作用，就是用每步相差极微极缓的方法来隐蔽时间的过去与事物的变迁的痕迹，使人误认其为恒久不变。这真是造物主骗人的一大诡计！这有一件比喻的故事：某农夫每天朝晨抱了犊而跳过一沟,到田里去工作,夕暮又抱了它跳过沟回家。每日如此,未尝间断。过了一年,犊已渐大,渐重,差不多变成大牛,但农夫全不觉得,仍是抱了它跳沟。有一天他因事停止工作,次日再就不能抱了这牛而跳沟了。造物的骗人,使人留连于其每日每时的生的欢喜而不觉其变迁与辛苦,就是用这个方法的。人们每日在抱了日重一日的牛而跳沟,不准停止。自己误以为是不变的,其实每日在增加其苦劳!

我觉得时辰钟是人生的最好的象征了。时辰钟的针,平常一看总觉得是"不动"的;其实人造物中最常动的无过于时辰钟的针了。日常生活中的人生也如此,刻刻觉得我是我,似乎这"我"永远不变,实则与时辰钟的针一样地无常! 一息尚存,总觉得我仍是我,我没有变,还是留连着我的生,可怜受尽"渐"的欺骗!

"渐"的本质是"时间"。时间我觉得比空间更为不可思议,犹之时间艺术的音乐比空间艺术的绘画更为神秘。因为空间姑且不追究它如何广大或无限,我们总可以把握其一端,认定其一点。时间则全然无从把握,不可挽留,只有过去与未来在渺茫之中不绝地相追逐而已。性质上既已渺茫不可思议，分量上在人生也似乎太多。因为一般人对于时间的悟性，似乎只够支配搭船乘车的短时间；对于百年的长期间的寿命，他们不能胜任，往往迷于局部而不能顾及全体。试看乘火车的旅客中，常有明达的人，有的宁牺牲暂时的安乐而让其座位于老弱者，以求心的太平（或博暂时的美誉）；有的见众人争先下车，而退在后面，或高呼"勿要轧，总有得下去的！""大家都要下去的！"然而在乘"社会"或"世界"的大火车的"人生"的长期的旅客中，就少有这样的明达之人。所以我觉得百年的寿命，定得太长。像现在的世界上的人，倘定他们搭船乘车的期间的寿命，也许在人类社会上可减少许多凶险残惨的争斗，而与火车中一样地谦让，和平，也未可知。

然人类中也有几个能胜任百年的或千古的寿命的人。那是"大人格""大人生"。他们能不为"渐"所迷，不为造物所欺，而收缩无限的时间并空间于方寸的心中。故佛家能纳须弥于芥子。中国古诗人（白居易）说："蜗牛角上争何事？石火光中寄此身。"英国诗人（Blake[①]）也说："一粒沙

[①] 即布莱克（1757—1827）。

里见世界，一朵花里见天国；手掌里盛住无限，一刹那便是永劫。"

一九二八年芒种①

---

① 本文篇末原未署日期。这里所署的日期是发表在《一般》杂志时篇末所署。作者在新中国成立后自编的《缘缘堂随笔》(人民文学出版社1957年11月初版)中，篇末误署为：1925年作。

儿　女*

　　回想四个月以前，我犹似押送囚犯，突然地把小燕子似的一群儿女从上海的租寓中拖出，载上火车，送回乡间，关进低小的平屋中。自己仍回到上海的租界中，独居了四个月。这举动究竟出于什么旨意，本于什么计划，现在回想起来，连自己也不相信。其实旨意与计划，都是虚空的，自骗自扰的，实际于人生有什么利益呢？只赢得世故尘劳，做弄几番欢愁的感情，增加心头的创痕罢了！

　　当时我独自回到上海，走进空寂的租寓，心中不绝地浮起这两句《楞严》经文："十方虚空在汝心中，犹如白云点太清里，况诸世界在虚空耶！"

----

* 本篇原载1928年10月10日《小说月报》第19卷第10号。

晚上整理房室，把剩在灶间里的篮钵、器皿、余薪、余米，以及其他三年来寓居中所用的家常零星物件，尽行送给来帮我做短工的、邻近的小店里的儿子。只有四双破旧的小孩子的鞋子（不知为什么缘故），我不送掉，拿来整齐地摆在自己的床下，而且后来看到的时候常常感到一种无名的愉快。直到好几天之后，邻居的友人过来闲谈，说起这床下的小鞋子阴气迫人，我方始悟到自己的痴态，就把它们拿掉了。

朋友们说我关心儿女。我对于儿女的确关心，在独居中更常有悬念的时候。但我自以为这关心与悬念中，除了本能以外，似乎尚含有一种更强的加味。所以我往往不顾自己的画技与文笔的拙陋，动辄描摹。因为我的儿女都是孩子们，最年长的不过九岁，所以我对于儿女的关心与悬念中，有一部分是对于孩子们 —— 普天下的孩子们 —— 的关心与悬念。他们成人以后我对他们怎么样？现在自己也不能晓得，但可推知其一定与现在不同，因为不复含有那种加味了。

回想过去四个月的悠闲宁静的独居生活，在我也颇觉得可恋，又可感谢。然而一旦回到故乡的平屋里，被围在一群儿女的中间的时候,我又不禁自伤了。因为我那种生活,或枯坐,默想,或钻研,搜求,或敷衍,应酬,比较起他们的天真、健全、活跃的生活来,明明是变态的,病的,残废的。

有一个炎夏的下午,我回到家中了。第二天的傍晚,我领了四个孩子——九岁的阿宝、七岁的软软、五岁的瞻瞻、三岁的阿韦——到小院中的槐荫下,坐在地上吃西瓜。夕暮的紫色中,炎阳的红味渐渐消减,凉夜的青味渐渐加浓起来。微风吹动孩子们的细丝一般的头发,身体上汗气已经全消,百感畅快的时候,孩子们似乎已经充溢着生的欢喜,非发泄不可了。最初是三岁的孩子的音乐的表现,他满足之余,笑嘻嘻摇摆着身子。口中一面嚼西瓜,一面发出一种像花猫偷食时候的"ngam ngam"的声音来。这音乐的表现立刻唤起五岁的瞻瞻的共鸣,他接着发表他的诗:"瞻瞻吃西瓜,宝姐姐吃西瓜,软软吃西瓜,阿韦吃西瓜。"这诗的表现又立刻引起了七岁与九岁的孩子的散文的、数学的兴味:他们立刻把瞻瞻的诗句的意义归纳起来,报告其结果:"四个人吃四块西瓜。"

于是我就做了评判者,在自己心中批判他们的作品。我觉得三岁的阿韦的音乐的表现最为深刻而完全,最能全般表出他的欢喜的感情。五岁的瞻瞻把这欢喜的感情翻译为(他的)诗,已打了一个折扣;然尚带着节奏与旋律的分子,犹有活跃的生命流露着。至于软软与阿宝的散文的、数学的、概念的表现,比较起来更肤浅一层。然而看他们的态度全部精神没入在吃西瓜的一事中,其明慧的心眼,比大人们所见的完全得多。天地间最健全的心眼,只是孩子们的所有物,世间事物的真相,只有孩子们能最明确、最完全地见到。我比起他们来,真的心眼已经被世智尘劳所蒙蔽,所斲丧,是一个可怜的残废者了。我实在不敢受他们"父亲"的称呼,倘然"父亲"是尊崇的。

我在平屋的南窗下暂设一张小桌子,上面按照一定的秩序而布置着稿纸、信箧、笔砚、墨水瓶、浆糊瓶、时表和茶盘等,不喜欢别人来任意移动,这是我独居时的惯癖。我——我们大人——平常的举止,总是谨慎,细心,端详,斯文。例如磨墨,放笔,倒茶等,都小心从事,故桌上的布置每日依然,不致破坏或扰乱。因为我的手足的筋觉已经由于屡受物理的教训而深深地养成一种谨惕的惯性了。然而孩子们一爬到我的案上,就捣乱我的秩序,破坏我的桌上的构图，毁损我的器物。他们拿起自来水笔来一挥，洒了一桌子又一衣襟的墨水点；又把笔尖蘸在浆糊瓶里。他们用劲拔开毛笔的铜笔套，手背撞翻茶壶，壶盖打碎在地板上……这在当时实在使我不耐烦，我不免哼喝他们，夺脱他们手里的东西，甚至批他们的小颊。然而我立刻后悔：哼喝之后立刻继之以笑，夺了之后立刻加倍奉还，批颊的手在中途软却，终于变批为抚。因为我立刻自悟其非：我要求孩子们的举止同我自己一样，何其乖谬！我——我们大人——的举止谨惕，是为了身体手足的筋觉已经受了种种现实的压迫而痉挛了的缘故。孩子们尚保有天赋的健全的身手与真朴活跃的元气，岂像我们的穷屈？揖让、进退、规行、矩步等大人们的礼貌，犹如刑具，都是戕贼这天赋的健全的身手的。于是活跃的人逐渐变成了手足麻痹、半身不遂的残废者。残废者要求健全者的举止同他自己一样，何其乖谬！

儿女对我的关系如何？我不曾预备到这世间来做父亲，故心中常是疑惑不明，又觉得非常奇怪。我与他们（现在）完全是异世界的人，他们比我聪明、健全得多；然而他们又是我所生的儿女。这是何等奇妙的关系！世人以膝下有儿女为幸福，希望以儿女永续其自我，我实在不解他们的心理。我以为世间人与人的关系，最自然最合理的莫如朋友。君臣，父子、昆弟、夫妇之情，在十分自然合理的时候都不外乎是一种广义的友谊。所以朋友之情，实在是一切人情的基础。"朋，同类也。"并育于大地上的人，都是同类的朋友，共为大自然的儿女。世间的人，忘却了他们的大父母，而只知有小父母，以为父母能生儿女，儿女为父母所生，故儿女可以永续父母的自我，而使之永存。于是无子者叹天道之无知，子不肖者自伤其天命，而狂进杯中之物，其实天道有何厚薄于其齐生并育的儿女！我真不解他们的心理。

近来我的心为四事所占据了：天上的神明与星辰，人间的艺术与儿童。这小燕子似的一群儿女，是在人世间与我因缘最深的儿童，他们在我心中占有与神明、星辰、艺术同等的地位。

戊辰〔1928〕年韦驮圣诞作于石湾①

---

① 本文篇末原未署日期。这里所署的日期是发表在《小说月报》时篇末所署。

闲　居[*]

闲居，在生活上人都说是不幸的，但在情趣上我觉得是最快适的了。假如国民政府新定一条法律："闲居必须整天禁锢在自己的房间里"，我也不愿出去干事，宁可闲居而被禁锢。

在房间里很可以自由取乐；如果把房间当作一幅画看的时候，其布置就如画的"置陈"了。譬如书房，主人的座位为全局的主眼，犹之一幅画中的 middle point〔中心点〕，须居全幅中最重要的地位。其他自书架、几、椅、惶床、火炉、壁饰、自鸣钟，以至痰盂、纸篓等，各以主眼为中心而布置，使全局的焦点集中于主人的座位，犹之画中的附属物，

------

[*] 本篇原载1927年7月10日《小说月报》第18卷第7号。

背景,均须有护卫主物,显衬主物的作用。这样妥帖之后,人在里面,精神自然安定,集中,而快适。这是谁都懂得,谁都可以自由取乐的事。虽然有的人不讲究自己的房间的布置,然走进一间布置很妥帖的房间,一定谁也觉得快适。这可见人都会鉴赏,鉴赏就是被动的创作,故可说这是谁也懂得,谁也可以自由取乐的事。

我在贫乏而粗末①的自己的书房里,常常欢喜作这个玩意儿。把几件粗陋的家具搬来搬去,一月中总要搬数回。搬到痰盂不能移动一寸,脸盆架子不能旋转一度的时候,便有很妥帖的位置出现了。那时候我自己坐在主眼的座上,环视上下四周,君临一切。觉得一切都朝宗于我,一切都为我尽其职司,如百官之朝天,众星之拱北辰。就是墙上一只很小的钉,望去也似乎居相当的位置,对全体为有机的一员,对我尽专任的职司。我统御这个天下,想象南面王的气概,得到几天的快适。

有一次我闲居在自己的房间里,曾经对自鸣钟寻了一回开心。自鸣钟这个东西,在都会里差不多可说是无处不

---

① 日语中有此词,意即粗陋、不精致。

有，无人不备的了。然而它这张脸皮，我看惯了真讨厌得很。罗马字的还算好看；我房间里的一只，又是粗大的数学码子的。数学的九个字，我见了最头痛，谁愿意每天做数学呢！有一天，大概是闲日月中的闲日，我就从墙壁上请它下来，拿油画颜料把它的脸皮涂成天蓝色，在上面画几根绿的杨柳枝，又用硬的黑纸剪成两只飞燕，用浆糊黏住在两只针的尖头上。这样一来，就变成了两只燕子飞逐在杨柳中间的一幅圆额的油画了。凡在三点二十几分，八点三十几分等时候，画的构图就非常妥帖，因为两只飞燕适在全幅中稍偏的位置，而且追随在一块，画面就保住均衡了。辨识时间，没有数目字也是很容易的：针向上垂直为十二时，向下垂直为六时，向左水平为九时，向右水平为三时。这就是把圆周分为四个quarter〔一刻钟〕，是肉眼也很容易办到的事。一个quarter里面平分为三格，就得长针五分钟的距离了，虽不十分容易正确，然相差至多不过一两分钟，只要不是天文台、电报局或火车站里，人家家里上下一两分钟本来是不要紧的。倘眼睛锐利一点，看惯之后，其实半分钟也是可以分明辨出的。这自鸣钟现在还挂在我的房间里，虽然惯用之后不甚新颖了，然终不觉得讨厌，因为它在壁上不是显明的实用的一只自鸣钟，而可以冒充一幅油画。除了空间以外，闲居的时候我又欢喜把一天的生活的情调来比方音乐。如果把一天的生活当作一个乐曲，其经过就像乐章（movement）的移行了。一天的早晨，晴雨如何？冷暖如何？人事的情形如何？犹之第一乐章的开始，先已奏出全曲的根柢的"主题"（theme）。一天的生活，例如事务的纷忙，意外的发生，祸福的临门，犹如曲中的长音阶〔大音阶〕变为短音阶〔小音阶〕的，C调变为F调，adagio〔柔板〕变为allegro〔快板〕，其或昼永人闲，平安无事，那就像始终C调的andante〔行板〕的长大的乐章了。以气候而论，春日是孟檀尔伸〔门德尔松〕（Mendelsson），夏日是斐德芬〔贝多芬〕（Beethoven），秋日是晓邦〔肖邦〕（Chopin）、修芒〔舒曼〕（Schumann），冬日是修斐尔德〔舒伯特〕（Schubert）。这也是谁也可以感到，谁也可以懂得的事。试看无论甚么机关里，团体里，做无论甚么事务的人，在阴雨的天气，办事一定不及在晴天的起劲、高兴、积极。如果有不论天气，天天照常办事的人，这一定不是人，是一架机器。只要看挑到我们后门头来卖臭豆腐干的江北人，近来秋雨连日，他的叫声自然懒洋洋地低钝起来，远不如一月以前的炎阳下的"臭豆腐干！"的热辣了。

从孩子得到的启示*

一

晚上喝了三杯老酒,不想看书,也不想睡觉,捉一个四岁的孩子华瞻来骑在膝上,同他寻开心。我随口问:

"你最喜欢什么事?"

他仰起头一想,率然地回答:

"逃难。"我倒有点奇怪:"逃难"两字的意义,在他不会懂得,为什么偏偏选择它?倘然懂得,更不应该喜欢了。我就设法探问他:

"你晓得逃难就是什么?""就是爸爸、妈妈、宝姐姐、

----

* 本篇原载1927年7月10日《小说月报》第18卷第7号。

软软……娘姨，大家坐汽车，去看大轮船。"

啊！原来他的"逃难"的观念是这样的！他所见的"逃难"，是"逃难"的这一面！这真是最可喜欢的事！

一个月以前，上海还属孙传芳的时代，国民革命军将到上海的消息日紧一日，素不看报的我，这时候也定一份《时事新报》，每天早晨看一遍。有一天，我正在看昨天的旧报，等候今天的新报的时候，忽然上海方面枪炮声起了，大家惊惶失色，立刻约了邻人，扶老携幼地逃到附近的妇孺救济会里去躲避。其实倘然此地果真进了战线，或到了败兵，妇孺救济会也是不能救济的。不过当时张皇失措，有人提议这办法，大家就假定它为安全地带，逃了进去。那里面地方很大，有花园、假山、小川、亭台、曲栏、长廊、花树、白鸽，孩子们一进去，登临盘桓，快乐得如入新天地了。忽然兵车在墙外轰过，上海方面的机关枪声、炮声，愈响愈近，又愈密了。大家坐定之后，听听，想想，方才觉到这里也不是安全地带，当初不过是自骗罢了。有决断的人先出来雇汽车逃往租界。每走出一批人，留在里面的人增一次恐慌。我们结合邻人来商议，也决定出来雇汽车，逃到杨树浦的沪江大学。于是立刻把小孩子们从假山中，栏杆内提出来，装进汽车里，飞奔杨树浦了。

所以决定逃到沪江大学者,因为一则有邻人与该校熟识,二则该校是外国人办的学校,较为安全可靠。枪炮声渐远渐弱,到听不见了的时候,我们的汽车已到沪江大学。他们安排一个房间给我们住,又为我们代办膳食。傍晚,我坐在校旁的黄浦江边的青草堤上,怅望云水遥忆故居的时候,许多小孩子采花、卧草,争看无数的帆船、轮船的驶行,又是快乐得如入新天地了。

次日,我同一邻人步行到故居来探听情形的时候,青天白日的旗子已经招展在晨风中,人人面有喜色,似乎从此可庆承平了。我们就雇汽车去迎回避难的眷属,重开我们的窗户,恢复我们的生活。从此"逃难"两字就变成家人的谈话的资料。

这是"逃难"。这是多么惊慌、紧张而忧患的一种经历!然而人物一无损丧,只是一次虚惊,过后回想,这日好似全家的人突发地出门游览两天。我想假如我是预言者,晓得这是虚惊,我在逃难的时候将何等有趣!素来难得全家出游的机会,素来少有坐汽车、游览、参观的机会。那一天不论时,不论钱,浪漫地、豪爽地,痛快地举行这游历,实在是人生难得的快事! 只有小孩子真果感得这快味! 他们逃难日来以后,常常拿香烟籆子来叠作栏杆、小桥、汽车、轮船、帆船，常常问我关于轮船、帆船的事，墙壁上及门上又常常有有色粉笔画的轮船、帆船、亭子，石桥的壁画出现。可见这"逃难"，在他们脑中有难忘的欢乐的印象。所以今晚无端地问华瞻最喜欢什么事，他立刻选定这"逃难"。原来他所见的，是"逃难"的这一面。

不止这一端：我们所打算，计较，争夺的洋钱，在他们看来个个是白银的浮雕的胸章，仆仆奔走的行人，血汗淋漓的劳动者，在他们看来个个是无目的地在游戏，在演剧，一切建设，一切现象，在他们看来都是大自然的点缀，装饰。

唉！我今晚受了这孩子的启示了：他能撤去世间事物的因果关系的网，看见事物的本身的真相。他是创造者，能赋给生命于一切的事物。他们是"艺术"的国土的主人。唉，我要从他学习！

二 ①

两个小孩子，八岁的阿宝与六岁的软软，把圆凳子翻

---

① 此第二文在1957年版《缘缘堂随笔》中被删去，现仍予恢复。

转，叫三岁的阿韦坐在里面。他们两人同他抬轿子。不知哪一个人失手，轿子翻倒了。阿韦在地板上撞了一个大响头，哭了起来。乳母连忙来抱起。两个轿夫站在旁边呆看。乳母问："是谁不好？"

阿宝说："软软不好。"

软软说："阿宝不好。"

阿宝又说："软软不好，我好！"

软软也说："阿宝不好，我好！"阿宝哭了，说："我好！"

软软也哭了，说："我好！"

他们的话由"不好"转到了"好"。乳母已在喂乳，见他们哭了，就从旁调解：

"大家好，阿宝也好，软软也好，轿子不好！"

孩子听了，对翻倒在地上的轿子看看，各用手背揩揩自己的眼睛，走开了。

孩子真是愚蒙。直说"我好"，不知谦让。

所以大人要称他们为"童蒙""童昏"，要是大人，一定懂得谦让的方法：心中明明认为自己好而别人不好，口上只是隐隐地或转弯地表示，让众人看，让别人自悟。于是谦虚，聪明,贤慧等美名皆在我了。

讲到实在,大人也都是"我好"的。不过他们懂得谦让的一种方法,不像孩子地直说出来罢了。谦让方法之最巧者,是不但不直说自己好,反而故意说自己不好。明明在谆谆地陈理说义,劝谏君王,必称"臣虽下愚"。明明在自陈心得,辩论正义,或惩斥不良、训诫愚顽,表面上总自称"不佞""不慧",或"愚"。习惯之后,"愚"之一字竟通用作第一身称的代名词,凡称"我"处,皆用"愚"。常见自持正义而赤裸裸地骂人的文字函牍中,也称正义的自己为"愚",而称所骂的人为"仁兄"。这种矛盾,在形式上看来是滑稽的;在意义上想来是虚伪的,阴险的。"滑稽""虚伪""阴险",比较大人评孩子的所谓"蒙""昏",丑劣得多了。

对于"自己",原是谁都重视的。自己的要"生",要"好",原是普遍的生命的共通的大欲。今阿宝与软软为阿韦抬轿子,翻倒了轿子,跌痛了阿韦,是谁好谁不好,姑且不论,其表示自己要"好"的手段,是彻底地诚实,纯洁而不虚饰的。

我一向以小孩子为"昏蒙"。今天看了这件事,恍然悟到我们自己的昏蒙了。推想起来,他们常是诚实的,"称心而言"的，而我们呢，难得有一日不犯"言不由衷"的恶德！

唉！我们本来也是同他们那样的，谁造成我们这样呢？

一九二六年作①

---

① 本文篇末原未署日期。这里所署的日期是新中国成立后作者自编的《缘缘堂随笔》（人民文学出版社1957年11月初版）中篇末所署，比发表于《小说月报》的年代——1927年早一年。从第一则逃难（1927年北伐战争）的年代来看，从第二则中三个孩子的年龄（当时用虚年龄）来看，此文的写作年代应为1927年。

姓*

我姓丰。丰这个姓,据我们所晓得,少得很。在我故乡的石门湾里,也"只此一家",跑到外边来,更少听见有姓丰的人。所以人家问了我尊姓之后,总说"难得,难得!"

因这原故,我小时候受了这姓的暗示,大有自命不凡的心理。然而并非单为姓丰难得,又因为在石门湾里,姓丰的只有我们一家,而中举人的也只有我父亲一人。在石门湾里,大家似乎以为姓丰必是举人,而举人必是姓丰的。记得我幼时,父亲的用人褚老五抱我去看戏回来,途中对我说:"石门湾里没有第二个老爷,只有丰家里是老爷,你大起来也做老爷,丰老爷!"

---

* 本篇原载1927年7月10日《小说月报》第18卷第7号。

科举废了，父亲死了。我十岁的时候，做短工的黄半仙有一天晚上对我的大姐说："新桥头米店里有一个丰官，不晓得是什么地方人。"大姐同母亲都很奇怪，命黄半仙当夜去打听，是否的确姓丰？哪里人？意思似乎说，姓丰会有第二家的？不要是冒牌？

黄半仙回来，说："的确姓丰，'养鞠须丰'的'丰'，说是斜桥人。"大姐含着长烟管说："难道真的？不要是'酆鲍史唐'的'酆'吧？"但也不再追究。

后来我游杭州，上海，东京，朋友中也没有同姓者。姓丰的果然只有我一人。然而不拘我一向何等自命不凡地做人，总做不出一点姓丰的特色来，到现在还是与非姓丰的一样混日子，举人也尽管不中，倒反而为了这姓的怪僻，屡屡打麻烦：人家问起"尊姓？"我说"敝姓丰"，人家总要讨添，或者误听为"冯"。旅馆里，城门口查夜的警察，甚至疑我假造，说"没有这姓"！

最近在宁绍轮船里，一个钱庄商人教了我一个很简明的说法：我上轮船，钻进房舱里，先有这个肥胖的钱庄商人在内。他照例问我"尊姓？"我说："丰，咸丰皇帝的丰。"大概时代相隔太远，一时教他想不起咸丰皇帝，他茫然不懂。

我用指在掌中空划,又说:"五谷丰登的丰。"大概"五谷丰登"一句成语,钱庄上用不到,他也一向不曾听见过。他又茫然不懂,于是我摸出铅笔来,在香烟篰上写了一个"丰"字给他看,他恍然大悟似的说:"啊! 不错不错,汇丰银行的丰!"

啊,不错不错! 汇丰银行的确比咸丰皇帝时髦,比五谷丰登通用! 以后别人问我的时候我就这样回答了。

〔1927年〕

忆儿时[*]

一

我回忆儿时，有三件不能忘却的事。

第一件是养蚕。那是我五六岁时、我祖母在日的事。我祖母是一个豪爽而善于享乐的人，良辰佳节不肯轻轻放过。养蚕也每年大规模地举行。其实，我长大后才晓得，祖母的养蚕并非专为图利，叶贵的年头常要蚀本，然而她喜欢这暮春的点缀，故每年大规模地举行。我所喜欢的，最初是蚕落地铺。那时我们的三开间的厅上、地上统是蚕，架着经纬的跳板，以便通行及饲叶。蒋五伯挑了担到地里去采叶，

---

[*] 本篇原载1927年6月10日《小说月报》第18卷第6号。

我与诸姐跟了去,去吃桑葚。蚕落地铺的时候,桑葚已很紫而甜了,比杨梅好吃得多。我们吃饱之后,又用一张大叶做一只碗,采了一碗桑葚,跟了蒋五伯回来。蒋五伯饲蚕,我就以走跳板为戏乐,常常失足翻落地铺里,压死许多蚕宝宝,祖母忙喊蒋五伯抱我起来,不许我再走。然而这满屋的跳板,像棋盘街一样,又很低,走起来一点也不怕,真是有趣。这真是一年一度的难得的乐事!所以虽然祖母禁止,我总是每天要去走。

蚕上山之后,全家静默守护,那时不许小孩子们吵了,我暂时感到沉闷。然而过了几天,采茧,做丝,热闹的空气又浓起来了。我们每年照例请牛桥头七娘娘来做丝。蒋五伯每天买枇杷和软糕来给采茧、做丝、烧火的人吃。大家认为现在是辛苦而有希望的时候,应该享受这点心,都不客气地取食。我也无功受禄地天天吃多量的枇杷与软糕,这又是乐事。

七娘娘做丝休息的时候,捧了水烟筒,伸出她左手上的短少半段的小指给我看,对我说:做丝的时候,丝车后面,是万万不可走近去的。她的小指,便是小时候不留心被丝车轴棒轧脱的。她又说:"小囡囡不可走近丝车后面去,只管坐在我身旁,吃枇杷,吃软糕。还有做丝做出来的蚕蛹,叫妈妈油炒一炒，真好吃哩！"然而我始终不要吃蚕蛹，大概是我爸爸和诸姐都不要吃的原故。我所乐的，只是那时候家里的非常的空气。日常固定不动的堂窗、长台、八仙椅子，都收拾去，而变成不常见的丝车、區、缸。又不断地公然地可以吃小食。

丝做好后，蒋五伯口中唱着"要吃枇杷，来年蚕罢"，收拾丝车，恢复一切陈设。我感到一种兴尽的寂寥。然而对于这种变换，倒也觉得新奇而有趣。

现在我回忆这儿时的事，常常使我神往！祖母、蒋五伯、七娘娘和诸姐都像童话里、戏剧里的人物了。且在我看来，他们当时这剧的主人公便是我。何等甜美的回忆！只是这剧的题材，现在我仔细想想觉得不好：养蚕做丝，在生计上原是幸福的，然其本身是数万的生灵的杀虐！《西青散记》里面有两句仙人的诗句："自织藕丝衫子嫩，可怜辛苦赦春蚕。"安得人间也发明织藕丝的丝车，而尽赦天下的春蚕的性命！

我七岁上祖母死了[①]，我家不复养蚕。不久父亲与诸姐

---

① 作者祖母卒于1902年5月，当时作者五岁。

弟相继死亡,家道衰落了,我的幸福的儿时也过去了。因此这回忆一面使我永远神往,一面又使我永远忏悔。

二

第二件不能忘却的事,是父亲的中秋赏月,而赏月之乐的中心,在于吃蟹。

我的父亲中了举人之后,科举就废,他无事在家,每天吃酒,看书。他不要吃羊、牛、猪肉,而喜欢吃鱼、虾之类。而对于蟹,尤其喜欢。自七八月起直到冬天,父亲平日的晚酌规定吃一只蟹,一碗隔壁豆腐店里买来的开锅热豆腐干。他的晚酌,时间总在黄昏。八仙桌上一盏洋油灯,一把紫砂酒壶,一只盛热豆腐干的碎瓷盖碗,一把水烟筒,一本书,桌子角上一只端坐的老猫,我脑中这印象非常深刻,到现在还可以清楚地浮现出来。我在旁边看,有时他给我一只蟹脚或半块豆腐干。然我喜欢蟹脚。蟹的味道真好,我们五个姊妹兄弟,都喜欢吃,也是为了父亲喜欢吃的原故。只有母亲与我们相反,喜欢吃肉,而不喜欢又不会吃蟹,吃的时候常常被蟹螯上的刺刺开手指,出血;而且抉剔得很不干净，父亲常常说她是外行。父亲说：吃蟹是风雅的事，吃法也要内行才懂得。先折蟹脚，后开蟹斗……脚上的拳头（即关节）里的肉怎样可以吃干净，脐里的肉怎样可以剔出……脚爪可以当作剔肉的针……蟹螯上的骨头可拼成一只很好看的蝴蝶……父亲吃蟹真是内行，吃得非常干净。所以陈妈妈说："老爷吃下来的蟹壳，真是蟹壳。"

蟹的储藏所，就在天井角落里的缸里，经常总养着十来只。到了七夕、七月半、中秋、重阳等节候上，缸里的蟹就满了，那时我们都有得吃，而且每人得吃一大只，或一只半。尤其是中秋一天，兴致更浓。在深黄昏，移桌子到隔壁的白场①上的月光下面去吃。更深人静，明月底下只有我们一家的人，恰好围成一桌，此外只有一个供差使的红英坐在旁边。大家谈笑，看月亮，他们——父亲和诸姐——直到月落时光，我则半途睡去，与父亲和诸姐不分而散。

这原是为了父亲嗜蟹，以吃蟹为中心而举行的。故这种夜宴，不仅限于中秋，有蟹的节季里的月夜，无端也要举行数次。不过不是良辰佳节，我们少吃一点，有时两人分

---

① 白场，作者家乡话，即家门前的空地。

吃一只。我们都学父亲，剥得很精细，剥出来的肉不是立刻吃的，都积受在蟹斗里，剥完之后，放一点姜醋，拌一拌，就作为下饭的菜，此外没有别的菜了。因为父亲吃菜是很省的，而且他说蟹是至味，吃蟹时混吃别的菜肴，是乏味的。我们也学他，半蟹斗的蟹肉，过两碗饭还有余，就可得父亲的称赞，又可以白口吃下余多的蟹肉，所以大家都勉力节省。现在回想那时候，半条蟹腿肉要过两大口饭，这滋味真好！自父亲死了以后，我不曾再尝这种好滋味。现在，我已经自己做父亲，况且已经茹素，当然永远不会再尝这滋味了。唉！儿时欢乐，何等使我神往！

然而这一剧的题材，仍是生灵的杀虐！因此这回忆一面使我永远神往，一面又使我永远忏悔。

三

第三件不能忘却的事。是与隔壁豆腐店里的王囡囡的交游，而这交游的中心，在于钓鱼。

那是我十二三岁时的事，隔壁豆腐店里的王囡囡是当时我的小侣伴中的大阿哥。他是独子，他的母亲、祖母和大伯，都很疼爱他，给他很多的钱和玩具，而且每天放任他在外游玩。他家与我家贴邻而居。我家的人们每天赴市，必须经过他家的豆腐店的门口，两家的人们朝夕相见，互相来往。小孩们也朝夕相见，互相来往。此外他家对于我家似乎还有一种邻人以上的深切的交谊，故他家的人对于我特别要好，他的祖母常常拿自产的豆腐干、豆腐衣等来送给我父亲下酒。同时在小侣伴中，王囡囡也特别和我要好。他的年纪比我大，气力比我好，生活比我丰富，我们一道游玩的时候，他时时引导我，照顾我，犹似长兄对于幼弟。我们有时就在我家的染坊店里的榻上玩耍，有时相偕出游。他的祖母每次看见我俩一同玩耍，必叮嘱囡囡好好看待我，勿要相骂。我听人说，他家似乎曾经患难，而我父亲曾经帮他们忙，所以他家大人们吩咐王囡囡照应我。

我起初不会钓鱼，是王囡囡教我的。他叫他大伯买两副钓竿，一副送我，一副他自己用。他到米桶里去捉许多米虫，浸在盛水的罐头里，领了我到木场桥头去钓鱼。他教给我看，先捉起一个米虫来，把钓钩由虫尾穿进，直穿到头部。然后放下水去。他又说："浮珠一动，你要立刻拉，那么钩子钩住鱼的颚，鱼就逃不脱。"我照他所教的试验，果然第一天钓了十几头白条,然而都是他帮我拉钓竿的。

第二天,他手里拿了半罐头扑杀的苍蝇,又来约我去钓鱼。途中他对我说:"不一定是米虫,用苍蝇钓鱼更好。鱼喜欢吃苍蝇!"这一天我们钓了一小桶各种的鱼。回家的时候,他把鱼桶送到我家里,说他不要。我母亲就叫红英去煎一煎,给我下晚饭。

自此以后,我只管欢喜钓鱼。不一定要王囡囡陪去,自己一人也去钓,又学得了掘蚯蚓来钓鱼的方法。而且钓来的鱼,不仅够自己下晚饭,还可送给店里的人吃,或给猫吃。我记得这时候我的热心钓鱼,不仅出于游戏欲,又有几分功利的兴味在内。有三四个夏季,我热心于钓鱼,给母亲省了不少的菜蔬钱。

后来我长大了,赴他乡入学,不复有钓鱼的工夫。但在书中常常读到赞咏钓鱼的文句,例如什么"独钓寒江雪",什么"渔樵度此身",才知道钓鱼原来是很风雅的事。后来又晓得有所谓"游钓之地"的美名称,是形容人的故乡的。我大受其煽惑,为之大发牢骚:我想"钓鱼确是雅的,我的故乡,确是我的游钓之地,确是可怀的故乡"。但是现在想想,不幸而这题材也是生灵的杀虐!

我的黄金时代很短，可怀念的又只有这三件事。不幸而都是杀生取乐，都使我永远忏悔。

一九二七年梅雨时节①

---

① 本文篇末原未署日期。这里所署的日期是发表在《小说月报》时篇末所署。

阿　难[*]

往年我妻曾经遭逢小产的苦难。在半夜里，六寸长的小孩辞了母体而默默地出世了。医生把他裹在纱布里，托出来给我看，说着：

"很端正的一个男孩！指爪都已完全了，可惜来得早了一点！"我正在惊奇地从医生手里窥看的时候，这块肉忽然动起来，胸部一跳，四肢同时一撑，宛如垂死的青蛙的挣扎。我与医生大家吃惊，屏息守视了良久，这块肉不再跳动，后来渐渐发冷了。

唉！这不是一块肉，这是一个生灵，一个人。他是我的一个儿子，我要给他起名字：因为在前有阿宝，阿先，阿

---

[*] 本篇原载1927年11月10日《小说月报》第18卷第11号，署名：子恺。

瞻,又他母亲为他而受难,故名曰"阿难"。阿难的尸体给医生拿去装在防腐剂的玻璃瓶中;阿难的一跳印在我的心头。

阿难!一跳是你的一生!你的一生何其草草?你的寿命何其短促?我与你的父子的情缘何其浅薄呢?

然而这等都是我的妄念。我比起你来,没有什么大差异。数千万光年中的七尺之躯,与无穷的浩劫中的数十年,叫做"人生"。自有生以来,这"人生"已被反复了数千万遍,都像昙花泡影地倏现倏灭,现在轮到我在反复了。所以我即使活了百岁,在浩劫中,与你的一跳没有什么差异。今我嗟伤你的短命,真是九十九步的笑百步!

阿难!我不再为你嗟伤,我反要赞美你的一生的天真与明慧。原来这个我,早已不是真的我了。人类所造作的世间的种种现象,迷塞了我的心眼,隐蔽了我的本性,使我对于扰攘奔逐的地球上的生活,渐渐习惯,视为人生的当然而恬不为怪。实则坠地时的我的本性,已经斲丧无余了。《西青散记》里史震林的《自序》中的这样的话:

> 余初生时,怖夫天之乍明乍暗,家人曰:昼夜也。

怪夫人之乍有乍无,曰:生死也。教余别星,曰:孰箕斗;别禽,曰:孰乌鹊,识所始也。生以长,乍暗乍明乍有乍无者,渐不为异。间于纷纷混混之时,自提其神于太虚而俯之,觉明暗有无之乍乍者,微可悲也。

我读到这一段,非常感动,为之掩卷悲伤,仰天太息。以前我常常赞美你的宝姐姐与瞻哥哥,说他们的儿童生活何等的天真,自然,他们的心眼何等的清白,明净,为我所万不敢望。然而他们哪里比得上你?他们的视你,亦犹我的视他们。他们的生活虽说天真,自然,他们的眼虽说清白,明净;然他们终究已经有了这世间的知识,受了这世界的种种诱惑,染了这世间的色彩,一层薄薄的雾障已经笼罩了他们的天真与明净了。你的一生完全不着这世间的尘埃。你是完全的天真,自然,清白,明净的生命。世间的人,本来都有像你那样的天真明净的生命,一入人世,便如入了乱梦,得了狂疾,颠倒迷离,直到困顿疲毙,始仓皇地逃回生命的故乡。这是何等昏昧的痴态!你的一生只有一跳,你在一秒间干净地了结你在人世间的一生,你坠地立刻解脱。正在中风狂走的我,更何敢企望你的天真与明慧呢?

我以前看了你的宝姐姐瞻哥哥的天真烂漫的儿童生活，惋惜他们的黄金时代的将逝，常常作这样的异想："小孩子长到十岁左右无病地自己死去，岂不完成了极有意义与价值的一生呢？"但现在想想，所谓"儿童的天国""儿童的乐园"，其实贫乏而低小得很，只值得颠倒困疲的浮世苦者的艳羡而已，又何足挂齿？像你的以一跳了生死，绝不撄浮生之苦，不更好吗？在浩劫中，人生原只是一跳。我在你的一跳中，瞥见一切的人生了。

然而这仍是我的妄念。宇宙间人的生灭，犹如大海中的波涛的起伏。大波小波，无非海的变幻，无不归元于海，世间一切现象，皆是宇宙的大生命的显示。阿难！你我的情缘并不淡薄，你就是我，我就是你；无所谓你我了！

一九二七年九月十七日 [1]

---

[1] 本文篇末原未署日期。这里所署的日期是发表在《小说月报》时篇末所署。在新中国成立后作者自编的《缘缘堂随笔》（人民文学出版社1957年11月初版）中，篇末误署为：1926年作。

大 帐 簿[*]

我幼年时,有一次坐了船到乡间去扫墓。正靠在船窗口出神观看船脚边层出不穷的波浪的时候,手中拿着的不倒翁失足翻落河中。我眼看它跃入波浪中,向船尾方面滚腾而去,一刹那间形影俱杳,全部交付与不可知的渺茫的世界了。我看看自己的空手,又看看窗下的层出不穷的波浪,不倒翁失足的伤心地,再向船后面的茫茫白水怅望了一会,心中黯然地起了疑惑与悲哀。我疑惑不倒翁此去的下落与结果究竟如何,又悲哀这永远不可知的命运。它也许随了波浪流去,搁住在岸滩上,落入于某村童的手中;也许被鱼网打去,从此做了渔船上的不倒翁;又或永远沉沦在幽暗的

[*] 本篇原载1929年5月10日《小说月报》第20卷第5号。

河底，岁久化为泥土，世间从此不再见这个不倒翁。我晓得这不倒翁现在一定有个下落，将来也一定有个结果，然而谁能去调查呢？谁能知道这不可知的命运呢？这种疑惑与悲哀隐约地在我心头推移。终于我想：父亲或者知道这究竟，能解除我这种疑惑与悲哀。不然，将来我年纪长大起来，总有一天能知道这究竟，能解除这疑惑与悲哀。

后来我的年纪果然长大起来。然而这种疑惑与悲哀，非但依旧不能解除，反而随了年纪的长大而增多增深了。我偕了小学校里的同学赴郊外散步，偶然折取一根树枝，当手杖用了一会，后来抛弃在田间的时候，总要对它回顾好几次，心中自问自答："我不知几时得再见它？它此后的结果不知究竟如何？我永远不得再见它了！它的后事永远不可知了！"倘是独自散步，遇到这种事的时候我更要依依不舍地留连一会。有时已经走了几步，又回转身去，把所抛弃的东西重新拾起来，郑重地道个诀别，然后硬着头皮抛弃它，再向前走。过后我也曾自笑这痴态，而且明明晓得这些是人生中惜不胜惜的琐事；然而那种悲哀与疑惑确实地充塞在我的心头，使我不得不然！

在热闹的地方，忙碌的时候，我这种疑惑与悲哀也会被压抑在心的底层,而安然地支配取舍各种事物,不复作如前的痴态。间或在动作中偶然浮起一点疑惑与悲哀来;然而大众的感化与现实的压迫的力非常伟大,立刻把它压制下去,它只在我的心头一闪而已。一到静僻的地方,孤独的时候,最是夜间,它们又全部浮出在我的心头了。灯下,我推开算术演草簿,提起笔来在一张废纸上信手涂写日间所谙诵的诗句:"春蚕到死丝方尽,蜡炬成灰……"没有写完,就拿向灯火上,烧着了纸的一角。我眼看见火势孜孜地蔓延过来,心中又忙着和各个字道别。完全变成了灰烬之后,我眼前忽然分明现出那张字纸的完全的原形;俯视地上的灰烬,又感到了暗淡的悲哀:假定现在我要再见一见一分钟以前分明存在的那张字纸,无论托绅董、县官、省长、大总统,仗世界一切皇帝的势力,或尧舜、孔子、苏格拉底、基督等一切古代圣哲复生,大家协力帮我设法,也是绝对不可能的事了!——但这种奢望我决计没有。我只是看看那堆灰烬,想在没有区别的微尘中认识各个字的死骸,找出哪一点是春字的灰,哪一点是蚕字的灰。……又想象它明天朝晨被此地的仆人扫除出去,不知结果如何:倘然散入风中,不知它将分飞何处? 春字的灰飞入谁家,蚕字的灰飞入谁家？……倘然混入泥土中，不知它将滋养哪几株植物？……都是渺茫不可知的千古的大疑问了。

吃饭的时候，一颗饭粒从碗中翻落在我的衣襟上。我顾视这颗饭粒，不想则已，一想又惹起一大篇的疑惑与悲哀来：不知哪一天哪一个农夫在哪一处田里种下一批稻，就中有一株稻穗上结着煮成这颗饭粒的谷。这粒谷又不知经过了谁的刈、谁的磨、谁的舂、谁的粜，而到了我们的家里，现在煮成饭粒，而落在我的衣襟上。这种疑问都可以有确实的答案；然而除了这颗饭粒自己晓得以外，世间没有一个人能调查，回答。

袋里摸出来一把铜板，分明个个有复杂而悠长的历史。钞票与银洋经过人手，有时还被打一个印；但铜板的经历完全没有痕迹可寻。它们之中，有的曾为街头的乞丐的哀愿的目的物，有的曾为劳动者的血汗的代价，有的曾经换得一碗粥，救济一个饿夫的饥肠，有的曾经变成一粒糖，塞住一个小孩的啼哭，有的曾经参与在盗贼的赃物中，有的曾经安眠在富翁的大腹边，有的曾经安闲地隐居在毛厕的底里，有的曾经忙碌地兼备上述的一切的经历。且就中又有的恐怕不是初次到我的袋中，也未可知。这些铜板倘会说话，我一定要尊它们为上客，恭听它们历述其漫游的故事。倘然它们会纪录，一定每个铜板可著一册比《鲁滨逊飘流记》更奇离的奇书。但它们都像死也不肯招供的犯人，其心中分明秘藏着案件的是非曲直的实情，然而死也不肯泄漏它们的秘密。

现在我已行年三十，做了半世的人，那种疑惑与悲哀在我胸中，分量日渐增多；但刺激日渐淡薄，远不及少年时代以前的新鲜而浓烈了。这是我用功的结果。因为我参考大众的态度，看他们似乎全然不想起这类的事，饭吃在肚里，钱进入袋里，就天下太平，梦也不做一个。这在生活上的确大有实益，我就拼命以大众为师，学习他们的幸福。学到现在三十岁，还没有毕业。所学得的，只是那种疑惑与悲哀的刺激淡薄了一点，然其分量仍是跟了我的经历而日渐增多。我每逢辞去一个旅馆，无论其房间何等坏，臭虫何等多，临去的时候总要低徊一下子，想起"我有否再住这房间的一日"？又慨叹"这是永远的诀别了"！每逢下火车，无论这旅行何等劳苦，邻座的人何等可厌，临走的时候总要发生一种特殊的感想："我有否再和这人同座的一日？恐怕是对他永诀了！"但这等感想的出现非常短促而又模糊，像飞鸟的黑影在池上掠过一般，真不过数秒间在我心头一闪，过后就全无其事。我究竟已有了学习的功夫了。然而这也全靠在老师——大众——面前，方始可能。一旦不见了老师，而离群索居的时候，我的故态依然复萌。现在正是其时：春风从窗中送进一片白桃花的花瓣来，落在我的原稿纸上。这分明是从我家的院子里的白桃花树上吹下来的，然而有谁知道它本来生在哪一枝头的哪一朵花上呢？窗前地上白雪一般的无数的花瓣，分明各有其故枝与故萼，谁能一一调查其出处，使它们重归其故萼呢？疑惑与悲哀又来袭击我的心了。

总之，我从幼时直到现在，那种疑惑与悲哀不绝地袭击我的心，始终不能解除。我的年纪越大，知识越富，它的袭击的力也越大。大众的榜样的压迫越严，它的反动也越强。倘一一记述我三十年来所经验的此种疑惑与悲哀的事例，其卷帙一定可同《四库全书》《大藏经》争多。然而也只限于我一个人在三十年的短时间中的经验；较之宇宙之大，世界之广，物类之繁，事变之多，我所经验的真不啻恒河中的一粒细沙。

我仿佛看见一册极大的大帐簿，簿中详细记载着宇宙间世界上一切物类事变的过去、现在、未来三世的因因果果。自原子之细以至天体之巨，自微生虫的行动以至混沌的大劫，无不详细记载其来由、经过与结果，没有万一的遗漏。于是我从来的疑惑与悲哀，都可解除了。不倒翁的下落，手杖的结果，灰烬的去处，——都有记录；饭粒与铜板的来历，——都可查究；旅馆与火车对我的因缘，早已注定在项下；片片白桃花瓣的故萼，都确凿可考。连我所屡次叹为永不可知的、院子里的沙堆的沙粒的数目，也确实地记载着，下面又注明哪几粒沙是我昨天曾经用手掬起来看过的。倘要从沙堆中选出我昨天曾经掬起来看过的沙，也不难按这帐簿而探索。——凡我在三十年中所见、所闻、所为的一切事物，都有极详细的记载与考证；其所占的地位只有书页的一角，全书的无穷大分之一。

我确信宇宙间一定有这册大帐簿。于是我的疑惑与悲哀全都解除了。

一九二九年清明过了写于石湾[①]

[①] 本文篇末原未署日期。这里所署的日期是发表在《小说月报》时篇末所署。在新中国成立后作者自编的《缘缘堂随笔》（人民文学出版社1957年11月初版）中，篇末误署为：1927年作。

秋[*]

我的年岁上冠用了"三十"二字,至今已两年了。不解达观的我,从这两个字上受到了不少的暗示与影响。虽然明明觉得自己的体格与精力比二十九岁时全然没有什么差异,但"三十"这一个观念笼在头上,犹之张了一顶阳伞,使我的全身蒙了一个暗淡色的阴影,又仿佛在日历上撕过了立秋的一页以后,虽然太阳的炎威依然没有减却,寒暑表上的热度依然没有降低,然而只当得余威与残暑,或霜降木落的先驱,大地的节候已从今移交于秋了。

实际,我两年来的心情与秋最容易调和而融合。这情形与从前不同。在往年,我只慕春天。我最欢喜杨柳与燕子。

---

[*] 本篇原载1929年10月10日《小说月报》第20卷第10号。

尤其欢喜初染鹅黄的嫩柳。我曾经名自己的寓居为"小杨柳屋",曾经画了许多杨柳燕子的画,又曾经摘取秀长的柳叶,在厚纸上裱成各种风调的眉,想象这等眉的所有者的颜貌,而在其下面添描出眼鼻与口。那时候我每逢早春时节,正月二月之交,看见杨柳枝的线条上挂了细珠,带了隐隐的青色而"遥看近却无"的时候,我心中便充满了一种狂喜,这狂喜又立刻变成焦虑,似乎常常在说:"春来了!不要放过!赶快设法招待它,享乐它,永远留住它。"我读了"良辰美景奈何天"等句,曾经真心地感动。以为古人都太息一春的虚度,前车可鉴!到我手里决不放它空过了。最是逢到了古人惋惜最深的寒食清明,我心中的焦灼便更甚。那一天我总想有一种足以充分酬偿这佳节的举行。我准拟作诗,作画,或痛饮,漫游。虽然大多不被实行;或实行而全无效果,反而中了酒,闹了事,换得了不快的回忆;但我总不灰心,总觉得春的可恋。我心中似乎只有知道春,别的三季在我都当作春的预备,或待春的休息时间,全然不曾注意到它们的存在与意义。而对于秋,尤无感觉:因为夏连续在春的后面,在我可当作春的过剩;冬先行在春的前面,在我可当作春的准备;独有与春全无关联的秋,在我心中一向没有它的位置。

自从我的年龄告了立秋以后,两年来的心境完全转了一个方向,也变成秋天了。然而情形与前不同:并不是在秋日感到像昔日的狂喜与焦灼。我只觉得一到秋天,自己的心境便十分调和。非但没有那种狂喜与焦灼,且常常被秋风秋雨秋色秋光所吸引而融化在秋中,暂时失却了自己的所在。而对于春,又并非像昔日对于秋的无感觉。我现在对于春非常厌恶。每当万象回春的时候,看到群花的斗艳,蜂蝶的扰攘,以及草木昆虫等到处争先恐后地滋生蕃殖的状态,我觉得天地间的凡庸,贪婪,无耻,与愚痴,无过于此了!尤其是在青春的时候,看到柳条上挂了隐隐的绿珠,桃枝上着了点点的红斑,最使我觉得可笑又可怜。我想唤醒一个花蕊来对它说:"啊!你也来反复这老调了!我眼看见你的无数的祖先,个个同你一样地出世,个个努力发展,争荣竞秀;不久没有一个不憔悴而化泥尘。你何苦也来反复这老调呢?如今你已长了这孽根,将来看你弄娇弄艳,装笑装颦,招致了蹂躏,摧残,攀折之苦,而步你的祖先们的后尘!"

实际,迎送了三十几次的春来春去的人,对于花事早已看得厌倦,感觉已经麻木,热情已经冷却,决不会再像初见世面的青年少女地为花的幻姿所诱惑而赞之,叹之,怜之,惜之了。况且天地万物,没有一件逃得出荣枯,盛衰,生灭,有无之理。过去的历史昭然地证明着这一点,无须我们再说。古来无数的诗人千篇一律地为伤春惜花费词,这种效颦也觉得可厌。假如要我对于世间的生荣死灭费一点词,我觉得生荣不足道,而宁愿欢喜赞叹一切的死灭。对于前者的贪婪,愚昧,与怯弱,后者的态度何等谦逊,悟达,而伟大!我对于春与秋的舍取,也是为了这一点。

夏目漱石三十岁的时候,曾经这样说:"人生二十而知有生的利益;二十五而知有明之处必有暗;至于三十的今日,更知明多之处暗亦多,欢浓之时愁亦重。"我现在对于这话也深抱同感;有时又觉得三十的特征不止这一端,其更特殊的是对于死的体感。青年们恋爱不遂的时候惯说生生死死,然而这不过是知有"死"的一回事而已,不是体感。犹之在饮冰挥扇的夏日,不能体感到围炉拥衾的冬夜的滋味。就是我们阅历了三十几度寒暑的人,在前几天的炎阳之下也无论如何感不到浴日的滋味。围炉,拥衾,浴日等事,在夏天的人的心中只是一种空虚的知识,不过晓得将来须有这些事而已,但是不能体感它们的滋味。须得入了秋天,炎阳逞尽了威势而渐渐退却,汗水浸胖了的肌肤渐渐收缩,身穿单衣似乎要打寒噤,而手触法郎绒觉得快适的时候,于是围炉,拥衾,浴日等知识方能渐渐融入体验界中而化为体感。我的年龄告了立秋以后,心境中所起的最特殊的状态便是这对于"死"的体感。以前我的思虑真疏浅!以为春可以常在人间,人可以永在青年,竟完全没有想到死。又以为人生的意义只在于生,而我的一生最有意义,似乎我是不会死的。直到现在,仗了秋的慈光的鉴照,死的灵气钟育,才知道生的甘苦悲欢,是天地间反复过亿万次的老调,又何足珍惜?我但求此生的平安的度送与脱出而已。犹之罹了疯狂的人,病中的颠倒迷离何足计较?但求其去病而已。

我正要搁笔,忽然西窗外黑云弥漫,天际闪出一道电光,发出隐隐的雷声,骤然洒下一阵夹着冰雹的秋雨。啊!原来立秋过得不多天,秋心稚嫩而未曾老练,不免还有这种不调和的现象,可怕哉!

一九二九年秋日 [①]

[①] 本文篇末原未署日期。这里所署的日期是发表在《小说月报》时文末所署。

给我的孩子们[*]

我的孩子们！我憧憬于你们的生活，每天不止一次！我想委曲地说出来，使你们自己晓得。可惜到你们懂得我的话的意思的时候，你们将不复是可以使我憧憬的人了。这是何等可悲哀的事啊！

瞻瞻！你尤其可佩服。你是身心全部公开的真人。你什么事体都像拼命地用全副精力去对付。小小的失意，像花生米翻落地了，自己嚼了舌头了，小猫不肯吃糕了，你都要哭得嘴唇翻白，昏去一两分钟。外婆普陀去烧香买回来给你的泥人，你何等鞠躬尽瘁地抱他，喂他；有一天你自己失手把他打破了，你的号哭的悲哀，比大人们的破产，失恋，

----

[*] 本篇原载1926年12月26日《文学周报》第4卷第6期，署名：子恺。

broken heart〔心碎〕，丧考妣，全军覆没的悲哀都要真切。两把芭蕉扇做的脚踏车，麻雀牌堆成的火车，汽车，你何等认真地看待，挺直了嗓子叫"汪——""咕咕咕……"，来代替汽笛。宝姐姐讲故事给你听，说到"月亮姐姐挂下一只篮来，宝姐姐坐在篮里吊了上去，瞻瞻在下面看"的时候，你何等激昂地同她争，说"瞻瞻要上去，宝姐姐在下面看！"甚至哭到漫姑①面前去求审判。我每次剃了头，你真心地疑我变了和尚，好几时不要我抱。最是今年夏天，你坐在我膝上发现了我腋下的长毛，当作黄鼠狼的时候，你何等伤心，你立刻从我身上爬下去，起初眼瞪瞪地对我端相，继而大失所望地号哭，看看，哭哭，如同对被判定了死罪的亲友一样。你要我抱你到车站里去，多多益善地要买香蕉，满满地擒了两手回来，回到门口时你已经熟睡在我的肩上，手里的香蕉不知落在哪里去了。这是何等可佩服的真率，自然，与热情！大人间的所谓"沉默""含蓄""深刻"的美德，比起你来，全是不自然的，病的，伪的！

你们每天做火车，做汽车，办酒，请菩萨，堆六面画，

---

① 漫姑，即作者的三姐丰满。

唱歌，全是自动的，创造创作的生活。大人们的呼号"归自然！""生活的艺术化！""劳动的艺术化！"在你们面前真是出丑得很了！依样画几笔画，写几篇文的人称为艺术家，创作家，对你们更要愧死！

你们的创作力，比大人真是强盛得多哩：瞻瞻！你的身体不及椅子的一半，却常常要搬动它，与它一同翻倒在地上；你又要把一杯茶横转来藏在抽斗里，要皮球停在壁上，要拉住火车的尾巴，要月亮出来，要天停止下雨。在这等小小的事件中，明明表示着你们的小弱的体力与智力不足以应付强盛的创作欲、表现欲的驱使，因而遭逢失败。然而你们是不受大自然的支配，不受人类社会的束缚的创造者，所以你的遭逢失败，例如火车尾巴拉不住，月亮呼不出来的时候，你们决不承认是事实的不可能，总以为是爹爹妈妈不肯帮你们办到，同不许你们弄自鸣钟同例，所以愤愤地哭了，你们的世界何等广大！

你们一定想：终天无聊地伏在案上弄笔的爸爸，终天闷闷地坐在窗下弄引线的妈妈，是何等无气性的奇怪的动物！你们所视为奇怪动物的我与你们的母亲，有时确实难为了你们，摧残了你们，回想起来，真是不安心得很！

阿宝！有一晚你拿软软的新鞋子，和自己脚上脱下来的鞋子，给凳子的脚穿了，划袜立在地上，得意地叫"阿宝两只脚，凳子四只脚"的时候，你母亲喊着"齷齪了袜子！"立刻擒你到藤榻上，动手毁坏你的创作。当你蹲在榻上注视你母亲动手毁坏的时候，你的小心里一定感到"母亲这种人，何等杀风景而野蛮"吧！

瞻瞻！有一天开明书店送了几册新出版的毛边的《音乐入门》来。我用小刀把书页一张一张地裁开来，你侧着头，站在桌边默默地看。后来我从学校回来，你已经在我的书架上拿了一本连史纸印的中国装的《楚辞》，把它裁破了十几页，得意地对我说："爸爸！瞻瞻也会裁了！"瞻瞻！这在你原是何等成功的欢喜，何等得意的作品！却被我一个惊骇的"哼！"字喊得你哭了。那时候你也一定抱怨"爸爸何等不明"吧！

软软！你常常要弄我的长锋羊毫，我看见了总是无情地夺脱你。现在你一定轻视我，想道："你终于要我画你的画集的封面！"①

---

① 《子恺画集》的封面画是软软所作。

最不安心的，是有时我还要拉一个你们所最怕的陆露沙医生来。教他用他的大手来摸你们的肚子，甚至用刀来在你们臂上割几下，还要教妈妈和漫姑擒住了你们的手脚，捏住了你们的鼻子，把很苦的水灌到你们的嘴里去。这在你们一定认为太无人道的野蛮举动吧！

孩子们！你们真果抱怨我，我倒欢喜；到你们的抱怨变为感谢的时候，我的悲哀来了！

我在世间，永没有逢到像你们样出肺肝相示的人。世间的人群结合，永没有像你们样的彻底地真实而纯洁。最是我到上海去干了无聊的所谓"事"回来，或者去同不相干的人们做了叫做"上课"的一种把戏回来，你们在门口或车站旁等我的时候，我心中何等惭愧又欢喜！惭愧我为什么去做这等无聊的事，欢喜我又得暂时放怀一切地加入你们的真生活的团体。

但是，你们的黄金时代有限，现实终于要暴露的。这是我经验过来的情形，也是大人们谁也经验过的情形。我眼看见儿时的伴侣中的英雄，好汉，一个个退缩，顺从，妥协，屈服起来，到像绵羊的地步。我自己也是如此。"后之视今，亦犹今之视昔"，你们不久也要走这条路呢！

我的孩子们！憧憬于你们的生活的我，痴心要为你们永远挽留这黄金时代在这册子里。然这真不过像"蜘蛛网落花"略微保留一点春的痕迹而已。且到你们懂得我这片心情的时候，你们早已不是这样的人，我的画在世间已无可印证了！这是何等可悲哀的事啊！

《子恺画集》代序，一九二六年耶诞节作①

---

① 作为《子恺画集》代序，本篇篇末所署为：1926年耶稣降诞节，病起，作于炉边。

车厢社会

送　考[*]

今年的早秋，我送一群小学毕业生到杭州来投考中学。

这一群小学毕业生中，有我的女儿和我的亲戚、朋友家的女儿，送考的也还有好几个人，父母、亲戚先生。我名为送考，其实没有什么重要责任，因此我颇有闲散心情，可以旁观他们的投考。

坐船出门的一天，乡间旱象已成。运河两岸，水车同体操队伍一般排列着，咿哑之声不绝于耳。村中农夫全体出席踏水，已种田而未全枯的当然要出席，已种田而已全枯的也要出席，根本没有种田的也要出席；有的车上，连妇人、老太婆和十二三岁的孩子也出席。这不是平常的灌溉，

---

[*] 本篇原载1934年10月《中学生》第48号。

这是人与自然奋斗！我在船窗中听了这种声音，看了这种情景，不胜感动。但那班投考的孩子们对此如同不闻不见，只管埋头在《升学指导》《初中入学试题汇观》等书中。我喊他们：

"喂！抱佛脚没有用！看这许多人工作！这是百年来未曾见过的状态，大家看！"但他们的眼向两岸看了一看，就回到书上，依旧埋头在书中。后来却提出种种问题来考我：

"穿山甲欢喜吃什么东西？"
"耶稣生时当中国什么朝代？"
"无烟火药是用什么东西制成的？"
"挪威的海岸线长多少哩？"

我全被他们难倒了，一个问题都回答不出来。我装着内行的神气对他们说："这种题目不会考的！"他们都笑起来，伸出一根手指点着我，说："你考不出！你考不出！"我老羞并不成怒，笑着，倚在船窗上吸烟。后来听见他们里面有人在教我："穿山甲喜欢吃蚂蚁的！……"我管自看踏水，不去听他们的话；他们也管自埋头在书中不来睬我，直到舍舟登陆。

乘进火车里，他们又拿出书来看；到了旅馆里，他们又拿出书来看。一直看到考的前晚。在旅馆里我们又遇到了另外几个朋友的儿女，大家同去投考。赴考这一天，我五点钟就被他们吵醒，也就起个早来送他们。许多童男童女，各人携了文具，带了一肚皮"穿山甲喜欢吃蚂蚁"之类的知识，坐黄包车去赴考。有几个十二三岁的女孩，愁容满面地上车，好像被押赴刑场似的，看了真有些可怜。

到了晚快，许多孩子活泼地回来了。一进房间就凑作一堆讲话：哪个题目难，哪个题目易；你的答案不错，我的答案错，议论纷纷，沸反盈天。讲了半天，结果有的脸上表示满足，有的脸上表示失望。然而嘴上大家准备不取。男的孩子高声地叫："我横竖不取的！"女的孩子恨恨地说："我取了要死！"

他们每人投考的不止一个学校，有的考二校，有的考三校。大概省立的学校是大家共同投考的。其次，市立的、公立的、私立的、教会的，则各人各选。然而大多数的投考者和送考者的观念中，都把杭州的学校这样地排列着高下等第。明知自己的知识不足，算术做不出；明知省立学校难考取，要十个里头取一个，但宁愿多出一块钱的报名费和一张照片，去碰碰运气看。万一考得取,可以爬得高些。省立学校的"省"字仿佛对他们发散着无限的香气。大家讲起了不胜欣羡。

从考毕到发表的几天之内,投考者之间的空气非常沉闷。有几个女生简直是寝食不安,茶饭无心。他们的胡思梦想在谈话之中反反复复地吐露出来,考得得意的人,有时好像很有把握,在那里探听省立学校的制服的形式了;但有时听见人说:"十个人里头取一个,成绩好的不一定统统取",就忽然心灰意懒,去讨别的学校的招生简章了。考得不得意的人嘴上虽说"取了要死",但从他们屈指计算发表日期的态度上,可以窥知他们并不绝望。世间不乏侥幸的例,万一取了,他们便是"死而复生",岂不更加欢喜?然而有时他们忽然觉得这太近于梦想,问过了"发表还有几天"之后,立刻接一句"不关我的事"。

我除了早晚听他们纷纷议论之外,白天统在外面跑,或者访友,或者觅画。省立学校录取案发表的一天,奇巧轮到我同去看榜。我觉得看榜这一刻工夫心情太紧张了,不教他们亲自去看。同时我也不愿意代他们去看,便想出一个调剂紧张的方法来:我和一班学生坐在学校附近一所茶店里了,教他们的先生一个人去看,看了回到茶店里来报告。

然而这方法缓和得有限。在先生去了约一刻钟之后,大家眼巴巴地望他回来。有的人伸长了脖子向他的去处张望,有的人跨出门槛去等他。等了好久,那去处就变成了十目所视的地方,凡有来人,必牵惹许多小眼睛的注意,其中穿夏布长衫的人尤加触目惊心,几乎可使他们立起身来。久待不来,那位先生竟无辜地成了他们的冤家对头。有的女学生背地里骂他"死掉了",有的男学生料他"被公共汽车碾死"。但他到底没有死,终于拖了一件夏布长衫,从那去处慢慢地踱回来了。"回来了,回来了",一声叫后,全体肃静,许多眼睛集中在他的嘴唇上,听候发落。这数秒间的空气的紧张,是我这支自来水笔所不能描写的啊!

"谁取的""谁不取",一一从先生的嘴唇上判决下来。他的每一句话好像一个霹雳,我几乎想包耳朵。受到这霹雳的人有的脸色惨白了,有的脸色通红了,有的茫然若失了,有的手足无措了,有的哭了,但没有笑的人。结果是不取的一半,取的一半。我抽了一口大气,开始想法子来安慰哭的人。我胡乱造出些话来把学校骂了一顿,说它办得怎样不好,所以不取并不可惜。不期说过之后,哭的人果然笑了,而满足的人似乎有些怀疑了。我在心中暗笑,孩子们的心,原来是这么脆弱的啊！教他们吃这种霹雳，真是残酷！

以后在各校录取案发表的时候，我有意回避，不愿再尝那种紧张的滋味。但听说后来的缓和得多，一则因为那些学校被他们认为不好，取不取不足计较；二则小胆儿吓过几回，有些儿麻木了。不久，所有的学生都捞得了一个学校。于是找保人，缴学费，忙了几天。这时候在旅馆中所听到的谈话，都是"我们的学校长，我们的学校短"的一类话了。但这些"我们"之中，其亲切的程度有差别。大概考取省立学校的人所说的"我们"是亲切的，而且带些骄傲。考不取省立学校而只得进他们所认为不好的学校的人的"我们"，大概说得不亲切些。他们预备下年再去考省立学校。

旱灾比我们来时更进步了，归乡水路不通，下火车后须得步行三十里。考取了学校的人都鼓着勇气，跑回家去取行李，雇人挑了，星夜启程跑到火车站，乘车来杭入学。考取省立学校的人尤加起劲，跑路不嫌劳苦，置备入学的用品也不惜金钱。似乎能够考得进去，便有无穷的后望，可以一辈子荣华富贵，吃用不尽似的。

廿三〔1934〕年九月十日于西湖招贤寺

素食以后

我素食至今已七年了,一向若无其事,也不想说什么话。这会大醒法师来信,要我写一篇"素食以后",我就写些。

我看世间素食的人可分两种,一种是主动的,一种是被动的。我的素食是主动的。其原因,我承受先父的遗习,除了幼时吃过些火腿以外,平生不知任何种鲜肉味,吃下鲜肉去要呕吐。三十岁上,羡慕佛教徒的生活,便连一切荤都不吃,并且戒酒。我的戒酒不及荤的自然:当时我每天喝两顿酒,每顿喝绍兴酒一斤以上。突然不喝,生活上缺少了一种兴味,颇觉异样。但因为有更大的意志的要求,戒酒后另添了种生活兴味,就是持戒的兴味。在未戒酒时,白天若得两顿酒,晚上便会欢喜满足地就寝;在戒酒之后,白天若得持两会戒,晚上也会欢喜满足地就寝。性质不同,其为兴味则一。但不久我的戒酒就同除荤一样地若无其事。我对于"绿蚁新醅酒，红泥小火炉。晚来天欲雪，能饮一杯无？"一类的诗忽然失却了切身的兴味。但在另一类的诗中也获得了另一种切身的兴味。这种兴味若何？一言难尽，大约是"无花无酒过清明"的野僧的萧然的兴味罢。

被动的素食，我看有三种：第一是一种营业僧的吃素。营业僧这个名词是我擅定的，就是指专为丧事人家诵经拜忏而每天赚大洋两角八分（或更多，或更少，不定）的工资的和尚。这种和尚有的是颠沛流离生活无着而做和尚的，有的是幼时被穷困的父母以三块钱（或更多，或更少，不定）一岁卖给寺里做和尚的。大都不是自动地出家，因之其素食也被动：平时在寺庙里竟公开地吃荤酒，到丧事人家做法事，勉强地吃素；有许多地方风俗，最后一餐，丧事人家也必给和尚们吃荤。第二种是特殊时期的吃素，例如父母死了，子女在头七[①]里吃素，孝思更重的在七七[②]里吃素。又如近来浙东大旱，各处断屠，在断屠期内，大家忍耐着吃素。虽有真为孝思所感而弃绝荤腥的人，或真心求上苍感应而

[①] 头七，指人去世后每七天为一个祭日，第七天为头七。
[②] 七七，指人去世后七个祭日的最后一天，即第四十九天。

虔诚斋戒的人，但多数是被动的。第三种，是穷人的吃素。穷人买米都成问题，有饭吃大事已定，遑论菜蔬？他们即有菜蔬，真个是"菜蔬"而已。现今乡村间这种人很多，出市，用三个铜板买一块红腐乳带回去，算是为全家办盛馔了。但他们何尝不想吃鱼肉？是穷困强迫他们的素食的。

世间自动的素食者少，被动的素食者多。而被动的原动力往往是灾祸或穷困。因此世间有一种人看素食一事是苦的，而看自动素食的人是异端的，神经病的，或竟是犯贱的，不合理的。

萧伯讷〔萧伯纳〕吃素，为他作传的赫理斯说他的作品中女性描写的失败是不吃肉的原故。我们非萧伯讷的人吃了素，也常常受人各种各样的反对和讥讽。低级的反对者，以为"吃长素"是迷信的老太婆的事，是消极的落伍的行为。较高级的反对者有两派，一是根据实利的，一是根据理论的。前者以为吃素营养不足，出门不便利。后者以为一滴水中有无数微生物，吃素的人都是掩耳盗铃；又以为动物的供食用合于天演淘汰之理，全世界人不食肉时禽兽将充斥世界为人祸害；而持杀戒者不杀害虫，尤为科学时代功利主义的信徒所反对。

对于低级的反对者，和对于实利说的反对者，我都感谢他们的好意，并设法为他说明素食和我的关系。唯有对于浅薄的功利主义的信徒的攻击似的反对我不屑置辩。逢到几个初出茅庐的新青年声势汹汹似的责问我"为什么不吃荤？""为什么不杀害虫？"的时候，我也只有回答他说"不欢喜吃，所以不吃""不做除虫委员，所以不杀"。功利主义的信徒，把人世的一切看作商业买卖。我的素食不是营商，便受他们反对。素食之理趣，对他们"不可说，不可说"①。其实我并不劝大家素食。《护生画集》中的画，不过是我素食后的感想的造形的表现，看不看由你，看了感动不感动更非我所计较。我虽不劝大家素食，我国素食的人近来似乎日渐多起来了。天灾人祸交作，城市的富人为大旱断屠而素食，乡村的穷民为无钱买肉而素食。从前三餐肥鲜的人现在只得吃青菜，豆腐了。从前"无肉不吃饭"的人现在几乎"无饭不吃肉"了。城乡各处盛行素食，"吾道不孤"，然而这不是我所盼望的！

廿三〔1934〕年观音诞〔农历2月19日〕

---

① "不可说，不可说"，出自《普贤王菩萨行愿品》，意为只可意会，不可言传。

沙坪小屋的鹅*

抗战胜利后八个月零十天，我卖脱了三年前在重庆沙坪坝庙湾地方自建的小屋，迁居城中去等候归舟。

除了托庇三年的情感以外，我对这小屋实在毫无留恋。因为这屋太简陋了，这环境太荒凉了；我去屋如弃敝屣。倒是屋里养的一只白鹅，使我恋恋不忘。

这白鹅，是一位将要远行的朋友送给我的。这朋友住在北碚，特地从北碚把这鹅带到重庆来送给我。我亲自抱了这雪白的大鸟回家，放在院子内。它伸长了头颈，左顾右盼，我一看这姿态，想道："好一个高傲的动物！"凡动物，头是最主要部分。这部分的形状，最能表明动物的性格。例

---

* 本篇原载1946年8月1日《导报》月刊第1卷第1期。编入1957年版《缘缘堂随笔》时，改名《白鹅》。

如狮子、老虎，头都是大的，表示其力强。麒麟、骆驼，头都是高的，表示其高超。狼、狐、狗等，头都是尖的，表示其刁奸猥鄙。猪猡、乌龟等，头都是缩的，表示其冥顽愚蠢。鹅的头在比例上比骆驼更高，与麒麟相似，正是高超的性格的表示。而在它的叫声、步态、吃相中，更表示出一种傲慢之气。

鹅的叫声，与鸭的叫声大体相似，都是"轧轧"然的。但音调上大不相同。鸭的"轧轧"，其音调琐碎而愉快，有小心翼翼的意味；鹅的"轧轧"，其音调严肃郑重，有似厉声呵斥。它的旧主人告诉我：养鹅等于养狗，它也能看守门户。后来我看到果然：凡有生客进来，鹅必然厉声叫嚣；甚至篱笆外有人走路，也要它引吭大叫，其叫声的严厉，不亚于狗的狂吠。狗的狂吠，是专对生客或宵小用的；见了主人，狗会摇头摆尾，呜呜地乞怜。鹅则对无论何人，都是厉声呵斥；要求饲食时的叫声，也好像大爷嫌饭迟而怒骂小使一样。

鹅的步态，更是傲慢了。这在大体上也与鸭相似。但鸭的步调急速，有局促不安之相。鹅的步调从容，大模大样的，颇像平剧〔京剧〕里的净角出场。这正是它的傲慢的性格的表现。我们走近鸡或鸭,这鸡或鸭一定让步逃走。这是表示对人惧怕。所以我们要捉住鸡或鸭,颇不容易。那鹅就不然:它傲然地站着,看见人走来简直不让;有时非但不让,竟伸过颈子来咬你一口。这表示它不怕人,看不起人。但这傲慢终归是狂妄的。我们一伸手,就可一把抓住它的项颈,而任意处置它。家畜之中,最傲人的无过于鹅。同时最容易捉住的也无过于鹅。

鹅的吃饭,常常使我们发笑。我们的鹅是吃冷饭的,一日三餐。它需要三样东西下饭:一样是水,一样是泥,一样是草。先吃一口冷饭,次吃一口水,然后再到某地方去吃一口泥及草。这地方是它自己选定的,选的目标,我们做人的无法知道。大约泥和草也有各种滋味,它是依着它的胃口而选定的。这食料并不奢侈;但它的吃法,三眼一板,丝毫不苟。譬如吃了一口饭,倘水盆偶然放在远处,它一定从容不迫地踏大步走上前去,饮水一口,再踏大步走到一定的地方去吃泥,吃草。吃过泥和草再回来吃饭。这样从容不迫地吃饭,必须有一个人在旁侍候,像饭馆里的侍者一样。因为附近的狗,都知道我们这位鹅老爷的脾气,每逢它吃饭的时候,狗就躲在篱边窥伺。等它吃过一口饭,踱着方步去吃水、吃泥、吃草的当儿，狗就敏捷地跑上来，努力地吃它的饭。没有吃完，鹅老爷偶然早归，伸颈去咬狗，并且厉声叫骂，狗立刻逃往篱边，蹲着静候；看它再吃了一口饭，再走开去吃水、吃草、吃泥的时候，狗又敏捷地跑上来，这回就把它的饭吃完，扬长而去了。等到鹅再来吃饭的时候，饭罐已经空空如也。鹅便昂首大叫，似乎责备人们供养不周。这时我们便替它添饭，并且站着侍候。因为邻近狗很多，一狗方去，一狗又来蹲着窥伺了。邻近的鸡也很多，也常蹑手蹑脚地来偷鹅的饭吃。我们不胜其烦，以后便将饭罐和水盆放在一起，免得它走远去，让鸡、狗偷饭吃。然而它所必须的盛馔泥和草，所在的地点远近无定。为了找这盛馔，它仍是要走远去的。因此鹅的吃饭，非有一人侍候不可。真是架子十足的！

　　鹅，不拘它如何高傲，我们始终要养它，直到房子卖脱为止。因为它对我们，物质上和精神上都有贡献，使主母和主人都欢喜它。物质上的贡献，是生蛋。它每天或隔天生一个蛋，篱边特设一堆稻草，鹅蹲伏在稻草中了，便是要生蛋了。家里的小孩子更兴奋，站在它旁边等候。它分娩毕，就起身，大踏步走进屋里去，大声叫开饭。这时候孩子们把蛋热热地捡起，藏在背后拿进屋子来，说是怕鹅看见了要生气。鹅蛋真是大，有鸡蛋的四倍呢！主母的蛋篓子内积得多了，就拿来制盐蛋，炖一个盐鹅蛋，一家人吃不了的！工友上街买菜回来说："今天菜市上有卖鹅蛋的，要四百元一个，我们的鹅每天挣四百元，一个月挣一万二，比我们做工还好呢。哈哈哈哈。"大家陪他"哈哈哈哈"。望望那鹅，它正吃饱了饭，昂胸凸肚地，在院子里踱方步，看野景，似乎更加神气活现了。但我觉得，比吃鹅蛋更好的，还是它的精神的贡献。因为我们这屋实在太简陋，环境实在太荒凉，生活实在太岑寂了。赖有这一只白鹅，点缀庭院，增加生气，慰我寂寞。

且说我这屋子，真是简陋极了：篱笆之内，地皮二十方丈，屋所占的只六方丈，其余算是庭院。这六方丈上，建着三间"抗建式"平屋，每间前后划分为二室，共得六室，每室平均一方丈。中央一间，前室特别大些，约有一方丈半弱，算是食堂兼客堂；后室就只有半方丈强，比公共汽车还小，作为家人的卧室。西边一间，平均划分为二，算是厨房及工友室。东边一间，也平均划分为二，后室也是家人的卧室，前室便是我的书房兼卧房。三年以来，我坐卧写作，都在这一方丈内。归熙甫《项脊轩记》中说："室仅方丈，可容一人居。"又说："雨泽下注，每移案，顾视无可置者。"我只有想起这些话的时候，感觉得自己满足。我的屋虽不上漏，可是墙是竹制的，单薄得很。夏天九点钟以后，东墙上炙手可热，室内好比开放了热水汀。这时候反教人希望警报，可到六七丈深的地下室去凉快一下呢。

竹篱之内的院子，薄薄的泥层下面尽是岩石，只能种些番茄、蚕豆、芭蕉之类，却不能种树木。竹篱之外，坡岩起伏，尽是荒郊。因此这小屋赤裸裸的，孤零零的，毫无依蔽；远远望来，正像一个亭子。我长年坐守其中，就好比一个亭长。这地点离街约有里许，小径迂回，不易寻找，来客极稀。杜诗"幽栖地僻经过少"一句，这屋可以受之无愧。风雨之日，泥泞载途，狗也懒得走过，环境荒凉更甚。这些日子的岑寂的滋味，至今回想还觉得可怕。

自从这小屋落成之后，我就辞绝了教职，恢复了战前的闲居生活。我对外间绝少往来，每日只是读书作画，饮酒闲谈而已。我的时间全部是我自己的。这是我的性格的要求，这在我是认为幸福的。然而这幸福必需两个条件：在太平时，在都会里。如今在抗战期，在荒村里，这幸福就伴着一种苦闷——岑寂。为避免这苦闷，我便在读书、作画之余，在院子里种豆，种菜，养鸽，养鹅。而鹅给我的印象最深。因为它有那么庞大的身体，那么雪白的颜色，那么雄壮的叫声，那么轩昂的态度，那么高傲的脾气，和那么可笑的行为。在这荒凉岑寂的环境中，这鹅竟成了一个焦点。凄风苦雨之日，手酸意倦之时，推窗一望，死气沉沉；惟有这伟大的雪白的东西，高擎着琥珀色的喙，在雨中昂然独步，好像一个武装的守卫，使得这小屋有了保障，这院子有了主宰，这环境有了生气。

我的小屋易主的前几天，我把这鹅送给住在小龙坎的朋友人家。送出之后的几天内，颇有异样的感觉。这感觉与诀别一个人的时候所发生的感觉完全相同，不过分量较为轻微而已。原来一切众生，本是同根，凡属血气，皆有共感。所以这禽鸟比这房屋更是牵惹人情，更能使人留恋。现在我写这篇短文，就好比为一个永诀的朋友立传，写照。

这鹅的旧主人姓夏名宗禹，现在与我邻居着。

卅五〔1946〕年四月二十五日于重庆

白　象

　　白象是我家的爱猫，本来是我的次女林先家的爱猫，再本来是段老太太家的爱猫。

　　抗战初，段老太太带了白象逃难到大后方。胜利后，又带了它复员到上海，与我的次女林先及吾婿宋慕法邻居。不知为了什么原因，段老太太把白象和它的独子小白象寄交林先、慕法家，变成了他们的爱猫。我到上海，林先、慕法又把白象寄交我，关在一只无锡面筋的笼里，上火车，带回杭州，住在西湖边上的小屋里，变成了我家的爱猫。

　　白象真是可爱的猫！不但为了它浑身雪白，伟大如象，又为了它的眼睛一黄一蓝，叫做"日月眼"。它从太阳光里走来的时候，瞳孔细得几乎没有，两眼竟像话剧舞台上所装置的两只光色不同的电灯，见者无不惊奇赞叹。收电灯费的人看见了它，几乎忘记拿钞票；查户口的警察看见了它，也暂时不查了。

白象到我家后，慕法、林先常写信来，说段老太太已迁居他处，但常常来他们家访问小白象，目的是探问白象的近况。我的幼女一吟，同情于段老太太的离愁，常常给白象拍照，寄交林先转交段老太太，以慰其相思。同时对于白象，更增爱护。每天一吟读书回家，或她的大姐陈宝教课回家，一坐倒，白象就跳到她们的膝上，老实不客气地睡了。她们不忍拒绝，就坐着不动，向人要茶，要水，要换鞋，要报看。有时工人不在身边，我同老妻就当听差，送茶，送水，送鞋，送报。我们是间接服侍白象。

有一天，白象不见了。我们侦骑四出，遍寻不得。正在担忧，它偕同一只斑花猫，悄悄地回来了，大家惊喜。女工秀英说，这是招贤寺里的雄猫，说过笑起来。经过一个短促的休止符，大家都笑起来。原来它是到和尚寺里去找恋人去了，害得我们急死。

此后斑花猫常来，它也常去，大家不以为奇。我觉得白象更可爱了。因为它不像鲁迅先生的猫，恋爱时在屋顶上怪声怪气，吵得他不能读书写稿，而用长竹竿来打。后来它的肚皮渐渐大起来了。约摸两三个月之后,它的肚皮大得特别,竟像一只白象了。我们用一只旧箱子,把盖拿去,作为它的产床。有一天,它临盆了,一胎五子,三只雪白的,两只斑花的。大家称庆,连忙叫男工樟鸿到岳坟去买新鲜鱼来给它调将。女孩子们天天冲克宁奶粉给它吃。

小猫日长夜大,二星期之后,都会爬动。白象育儿耐苦得很,日夜躺卧,让五个孩子纠缠。它的身体庞大,在五只小猫看来,好比一个丘陵。它们恣意爬上爬下,好像西湖上的游客爬孤山一样。这光景真是好看!

不料有一天,一只小花猫死了。我的幼儿新枚,哭了一场,拿一条美丽牌香烟的匣子,当作棺材,给它成殓,葬在西湖边的草地中。余下的四只,就特别爱惜。我家有七个孩子,三个在外,四个在杭州,他们就把四只小猫分领,各认一只。长女陈宝领了花猫,三女宁馨、幼女一吟、幼儿新枚,各领一只白猫。这就好比乡下人把孩子过房给庙里的菩萨一样,有了"保佑","长命富贵"。大约因为他们不是菩萨,不能保佑;过一会,一只小白猫又死了。剩下三只,一花二白,都很健康,看看已能吃鱼吃饭,不必全靠吃奶了。白象的母氏劬劳,也渐渐减省。它不必日夜躺着喂奶,可以随时出去散步，或跳到女孩子们的膝上去睡觉了。女孩子们笑它："做了母亲还要别人抱？"它不理，管自睡在人家怀里。

有一天，白象不回来吃中饭。"难道又到和尚寺里去找恋人了？"大家疑问。等到天黑，终于不回来。秀英当夜到寺里去寻，不见。明天，又不回来。问题严重起来，我就写二张海报："寻猫：敝处走失日月眼大白猫一只。如有仁人君子觅得送还，奉酬法币十万元。储款以待，决不食言。路号谨启。"过了两天，有邻人来言，"前几天看见一大白猫死在地藏庵与复性书院之间的水沼里，恐怕是你们的。"我们闻耗奔丧，找不到尸体。问地藏庵里的警察，也说不知；又说，大概清道夫取去了。我们回家，大家沉默志哀，接着就讨论它的死因。有的说是它自己失脚落水，有的说是顽童推它下水，莫衷一是。后来新枚来报告，邻家的孩子曾经看见一只大白猫死在水沼上的大柳树根上。后来被人踢到水沼里。孩子不会说诳，此说大约可靠。且我听说，猫不肯死在家里，自知临命终了，必远行至无人处，然后辞世。故此说更觉可靠。我觉得这点"猫性"，颇可赞美。这有壮士风，不愿死户牖下儿女之手中，而情愿战死沙场，马革裹尸。这又有高士风。不愿病死在床上，而情愿遁迹深山，不知所终。总之，白象确已不在"猫间"了！

　　白象失踪的第二天，林先从上海来杭。一到，先问白象。骤闻噩耗，惊惶失色。因为她原是受了段老太太之托，此番来杭将把白象带回上海，重归旧主的。相差一天，天缘何悭！然而天实为之，谓之何哉。所幸它还有三个遗孤，虽非日月眼，而壮健活泼，足以承继血统。为防损失，特把一匹小花猫寄交我的好友家。其余两匹小白猫，常在我的身边。每逢我架起了脚看报或吃酒的时候，它们爬到我的两只脚上，一高一低，一动一静，别人看见了都要笑。我倒已经习以为常，似觉一坐下来，脚上天生成有两只小猫的。

一九四七年五月二十七日于杭州作

阿　咪[*]

阿咪者，小白猫也。十五年前我曾为大白猫"白象"写文。白象死后又曾养一黄猫，并未为它写文。最近来了这阿咪，似觉非写不可了。盖在黄猫时代我早有所感，想再度替猫写照。但念此种文章，无益于世道人心，不写也罢。黄猫短命而死之后，写文之念遂消。直至最近，友人送了我这阿咪，此念复萌，不可遏止。率尔命笔，也顾不得世道人心了。

阿咪之父是中国猫，之母是外国猫。故阿咪毛甚长，有似兔子。想是秉承母教之故，态度异常活泼，除睡觉外，竟无片刻静止。地上倘有一物，便是它的游戏伴侣，百玩不厌。

---

[*] 本篇原载1962年8月《上海文学》第35期。

人倘理睬它一下，它就用姿态动作代替言语，和你大打交道。此时你即使有要事在身，也只得暂时撇开，与它应酬一下；即使有懊恼在心，也自会忘怀一切，笑逐颜开。哭的孩子看见了阿咪，会破涕为笑呢。

我家平日只有四个大人和半个小孩。半个小孩者，便是我女儿的干女儿，住在隔壁，每星期三天宿在家里，四天宿在这里，但白天总是上学。因此，我家白昼往往岑寂，写作的埋头写作，做家务的专心家务，肃静无声，有时竟像修道院。自从来了阿咪，家中忽然热闹了。厨房里常有保姆的话声或骂声，其对象便是阿咪。室中常有陌生的笑谈声，是送信人或邮递员在欣赏阿咪。来客之中，送信人及邮递员最是枯燥，往往交了信件就走，绝少开口谈话。自从家里有了阿咪，这些客人亲昵得多了。常常因猫而问长问短，有说有笑，送出了信件还是留连不忍遽去。

访客之中，有的也很枯燥无味。他们是为公事或私事或礼貌而来的，谈话有的规矩严肃，有的啰苏疙瘩，有的虚空无聊，谈完了天气之后只得默守冷场。然而自从来了阿咪，我们的谈话有了插曲，有了调节，主客都舒畅了。有一个为正经而来的客人，正在侃侃而谈之时，看见阿咪姗姗而来，注意力便被吸引，不能再谈下去，甚至我问他也不回答了。又有一个客人向我叙述一件颇伤脑筋之事，谈话冗长曲折，连听者也很吃力。谈至中途，阿咪蹦跳而来，无端地仰卧在我面前了。这客人正在愤慨之际，忽然转怒为喜，停止发言，赞道："这猫很有趣！"便欣赏它，抚弄它，获得了片时的休息与调节。有一个客人带了个孩子来。我们谈话，孩子不感兴味，在旁枯坐。我家此时没有小主人可陪小客人，我正抱歉，忽然阿咪从沙发下钻出，抱住了我的脚。于是大小客人共同欣赏阿咪，三人就团结一气了。后来我应酬大客人，阿咪替我招待小客人，我这主人就放心了。原来小朋友最爱猫，和它厮伴半天，也不厌倦；甚至被它抓出了血也情愿。因为他们有一共通性：活泼好动。女孩子更喜欢猫，逗它玩它，抱它喂它，劳而不怨。因为她们也有个共通性：娇痴亲昵。

　　写到这里，我回想起已故的黄猫来了。这猫名叫"猫伯伯"。在我们故乡，伯伯不一定是尊称。我们称鬼为"鬼伯伯"，称贼为"贼伯伯"。故猫也不妨称为"猫伯伯"。大约对于特殊而引人注目的人物，都可讥讽地称之为伯伯。这猫的确是特殊而引人注目的。我的女儿最喜欢它。有时她正在写稿,忽然猫伯伯跳上书桌来,面对着她,端端正正地坐在稿纸上了。她不忍驱逐,就放下了笔,和它玩耍一会。有时它竟盘拢身体,就在稿纸上睡觉了,身体仿佛一堆牛粪,正好装满了一张稿纸。有一天,来了一位难得光临的贵客。我正襟危坐,专心应对。"久仰久仰""岂敢岂敢",有似演剧。忽然猫伯伯跳上矮桌来,嗅嗅贵客的衣袖。我觉得太唐突,想赶走它。贵客却抚它的背,极口称赞:"这猫真好!"话头转向了猫,紧张的演剧就变成了和乐的闲谈。后来我把猫伯伯抱开,放在地上,希望它去了,好让我们演完这一幕。岂知过得不久,忽然猫伯伯跳到沙发背后,迅速地爬上贵客的背脊,端端正正地坐在他的后颈上了!这贵客身体魁梧奇伟,背脊颇有些驼,坐着喝茶时,猫伯伯看来是个小山坡,爬上去很不吃力。此时我但见贵客的天官赐福的面孔上方,露出一个威风凛凛的猫头,画出来真好看呢!我以主人口气呵斥猫伯伯的无礼,一面起身捉猫。但贵客摇手阻止,把头低下,使山坡平坦些,让猫伯伯坐得舒服。如此甚好,我也何必做煞风景的主人呢?于是主客关系亲密起来,交情深入了一步。

可知猫是男女老幼一切人民大家喜爱的动物。猫的可爱，可说是群众意见。而实际上，如上所述，猫的确能化岑寂为热闹，变枯燥为生趣，转懊恼为欢笑；能助人亲善，教人团结。即使不捕老鼠，也有功于人生。那么我今为猫写照，恐是未可厚非之事吧？猫伯伯行年四岁，短命而死。这阿咪青春尚只三个月。希望它长寿健康，像我老家的老猫一样，活到十八岁。这老猫是我的父亲的爱物。父亲晚酌时，它总是端坐在酒壶边。父亲常常摘些豆腐干喂它。六十年前之事，今犹历历在目呢。

壬寅〔1962〕年仲夏于上海作

山水间的生活

我家迁住白马湖上后三天，我在火车中遇见一个朋友，对我这样说："山水间虽然清静，但物质的需要不便之外，住家不免寂寞，办学校不免闭门造车，有利亦有弊。"我当时对于这话就起一种感想，后来忙中就忘却了。

现在春晖在山水间已生活了近一年了，我的家庭在山水间已生活了一月多了。我对于山水间的生活，觉得有意义，又想起了火车中的友人的话。写出我的几种感想在下面。

我曾经住过上海，觉得上海住家，邻人都是不相往来，而且敌视的。我也曾做过上海的学校教师，觉得上海的繁华和文明，能使聪明的明白人得到暗示和觉悟，而使悟力薄弱的人收到很恶的影响。我觉得上海虽热闹，实在寂寞，山中虽冷静，实在热闹，不觉得寂寞。就是上海是骚扰的寂寞，山中是清静的热闹。

在火车里的几小时，是在这社会里四五十年的人生的缩图。坐位被占，提包被偷等恐慌，就是生活恐慌的缩形。倘嫌山水间的生活的寂寞，而慕都会的热闹，犹之在只乘四五个相熟的人的火车里嫌寂寞，要望别的拥挤着的车子里去。如果有这样的人，他定是要描写拥挤的车子而去观察的小说家，否则是想图利去的 pickpocket〔扒手〕。

我在教授图画唱歌的时候，觉得以前曾在别处学过图画唱歌的人最难教授，全然没有学过的人容易指导。同样，我觉得在社会里最感到困难的是"因袭的打破难"。许多学校风潮，许多家庭悲剧，许多恶劣的人类分子，都是"因袭的罪恶"，何尝是人间本身的不良。因袭好比遗传，永不断绝。新文化一次输入因袭旧恶的社会里，仿佛注些花露水在粪里，气味更难当。再输入一次，仿佛在这花露水和粪里再注入些香油，又变一种臭气。我觉得无论什么改造，非先除去因袭的恶弊终归越弄越坏。在山水间的学校和家庭，不拘何等孤僻，何等少见闻，何等寂寥，"因袭的传染的隔远"和"改造的容易入手"是实实在在的事实。

我从前往往听见人讲到子弟求学或职业等问题,都说:"总要出上海!"听者带着一种对于将来生活的恐慌的自警的态度默应着。把这等话的心理解剖起来,里面含着这样的几个要素:(一)上海确是文明地,冠盖之区,要路津。(二)少年应当策高足,先据这要路津。(三)这就是吾人应走的前途。所谓闭门造车,也是具有这样的内容的话。怀着这样的思想的人,是因袭的奴隶,是因袭的维持者。

闭门造车,是指说不符合门外的轨道的大小,造了不能在门外的轨道上运行的车。行车一定要在已成的轨道上吗?这已成的轨道确是引导我们走正路的吗?有了车不能造轨道的吗?在这"闭门造车"一句话里,分明表示着人们的依赖、因袭,和创造力多么薄弱。

不造则已,如果要造车,一定非闭门造不可。如果依照已成的轨道而造,所造出的车子和以前已有的车子一样,就在已成的轨道上随波逐流地去了。即使已有的车子是好的,已成的轨道是正的,造车的效力也不过加多了车,不是造车的进步。何况已有的车子或者不好,已成的轨道或者不正呢。

"好久不到都会了,好久不看报了,退步了。"这样说的人也有。实在,进步是前进的意思,进步越快,离社会越远,离社会越远,进步越深(这是厨川白村说的)。子路说道:"吾过矣,吾离群而索居,亦已久矣。"这便是子路所以为子路。

"山水间生活,有利亦有弊",这大概是指清静、空气新鲜、生活程度低等是利。需要不便、寂寞、闭门造车等是弊。这是要计较两方的利弊长短而取舍的意思。这话的内容和"新思想并不恶、时势变更了不得已而然的。但从前的习惯一概不好,也不能说"的话同是乡愿的话。

这话的变形,就是"凡物都有明暗两方面的"。这话固然不错。但我觉得明暗是一体的。非但如此,明是因为有暗而益明的。仿佛绘画,明调子因暗调子而益美,暗调子因明调子而也美了。断不是明面好,暗面不好。如果取明而弃暗,就是 Ruskin〔罗斯金〕所谓:"自然像日光和阴影相交一般混合着优劣两种要素,使双方相互地供给效用和势力的。所以除去阴影的画家,定要在他自己造出来的无荫的沙漠里烧死!"

爱一物,是兼爱它的阴暗两方面。否,没有暗的明是不明的,是不可爱的。我往往觉得山水间的生活,因为需要不便而菜根更香,豆腐更肥。因为寂寥而邻人更亲。

且勿论都会的生活与山水间的生活孰优孰劣,孰利孰弊。人生随处皆不满,欲图解脱,唯于艺术中求之。

一九二三,五,一四,在小杨柳屋

宴会之苦

复员返杭后数月，杭州报纸上给我起了一个诨名，叫做"三不先生"。那记者说，我在战前是"三湾先生"，因为住过石门湾、江湾、杨柳湾（嘉兴）；胜利后变了"三不先生"，因为不教书、不讲演、不宴会。（见卅六〔1947〕年五月某日《正报》）

"三不先生"这诨名，字面上倒也很雅致，好比欧阳修的"六一居士"之类。但实际上很苦，决不如欧阳修的"书一万卷，金石一千卷，琴一张，棋一局，酒一壶，人一个"的风雅。我的不教书，不讲演，实在是为了流亡十年之后，身体不好，学殖荒芜，不得已而如此。或有人以为我已发国难财或胜利财，看不起薪水，所以不屑教书，那更不然。我有子女七人，四人已经独立，我的担负较轻；而版税画润所入，暂时足以维持简朴的生活，不必再用薪水，所以暂不教书，这是真的。至于不宴会，我实在是生怕宴会之苦。希望我今生永不参加宴会。

宴会，不知是谁发明的，最不合理的一种恶剧！突然要集许多各不相稔的人，在指定的地方，于指定的时间，大家一同喝酒，吃饭，而且抗礼或谈判。这比上课讲演更吃力，比出庭对簿更凶！我过去参加过多次，痛定思痛，苦况历历在目。

接到了请帖，先要记到时日与地点，写在日历上，或把请帖揭在座右，以防忘记。到了那一天早晨，我心上就有一件事，好比是有一小时教课，而且是最不欢喜教的课。好比是欠了人钱，而且是最大的一笔债。若是午宴，这上午就忐忑不安；若是夜宴，这整日就瘟头瘟脑，不能安心做事了。到了时刻，我往往准时到场。并非励行新生活，却是俗语所说，"横竖要死，早点爬进棺材里。"可是这一准时，就把苦延长了。我最初只见主人，贵客们都没有到。主人要我坐着，遥遥无期地等候。吃了许多茶，许多烟，吃得舌敝唇焦，饥肠辘辘，贵客们方始陆续降临。每来一次，要我站起来迎迓一次，握手一次，寒暄一次。他们的手有的冰冷的，有的潮湿的，有的肉麻的，还有用力很大，捏得我手痛的。他们的寒暄各人各样，意想不到。我好比受许多试官轮流口试，答话非常吃力。最吃力的，还是硬记各人的姓。主人介绍"这是王先生"的时候，我精神十分紧张，用尽平生的辨别力和记忆力，把"王"字和这脸孔努力设法联系。否则后来忘记了，不便再问"你到底姓啥"？若不再问，而用"喂，喂""你，你"，又觉得失敬。这种时候，我希望每人额上用毛笔写一个字。姓王的就像老虎一样写一"王"字。这便可省却许多脑力。一桌十二三人之中，往往有大半是生客。一时要把八九个姓和八九只脸孔设法联系，实在是很伤脑筋的一件苦工！我在广西时，这一点苦头吃得少些。因为他们左襟上大家挂一个徽章，上面写出姓名。忘记了的时候，只要假装同他亲昵，走近去用眼梢一瞥，又记得了。但入席之后，围坐在大圆桌的四周的时候，此法又行不通，因为字太小了。若是忘记对座的人的姓，距离大圆桌的直径，望去看不清楚，又不便离席，绕道到对面去检阅襟章。若是忘记了邻座的人的姓，距离虽近而方向不好，也不便弯转头去看他的胸部。故广西办法虽好，总不及额上写字的便利。

入席以后，恶剧的精彩节目来了。例如午宴，入席往往是下午两点钟，肚子饿得很了。但不得吃菜吃饭。先拿起杯来，站起身来，谢谢主人，喝一杯空肚酒，喝得头晕眼花。然后"请，请"，大家吃菜。这在我是一件大苦事。因为我平生不曾吃过肉。猪肉，牛肉，羊肉一概不吃。抗战前十年是吃净素的。逃难后开戒吃了鱼，但猪油烧的鱼仍不能下咽。因为我有一种生理的习惯，怕闻猪油及肉类的气味。这点，主人大都晓得，特为我备素菜。两三盆素菜，香菇竹笋之类，价格最高而我所最不欢喜吃的素菜，放在我的面前。"出力不讨好"这一念已经使我不快，何况各种各样的荤腥气味，时时来袭我的嗅觉。——这原是我个人因了特殊习惯而受的苦，不可算在"宴会之苦"的公帐上。但我从旁参观其他的人吃菜的表演，设身处地，我相信他们也有种种苦难。圆桌很大，菜盆放在中央，十二三只手臂辐辏拢来，要各凭两根竹条去攫取一点自己所爱吃的东西来吃，实在需要最高的技术！有眼光，有腕力，看得清，夹得稳，方才能出手表演。这好比一种合演的戏法！"戏法人人会变，各有巧妙不同"。我看见有几个人，技术非常巧妙。譬如一盆虾仁，吃到过半以后，只剩盆面浅浅的一层。用瓢去取，虾仁不肯钻进瓢里，而被瓢推走，势将走出盆外。此时最好有外力帮助，从反对方向来一股力，把虾仁推入瓢中。但在很客气的席上，自己不便另用一手去帮，叫别人来帮，更失了彬彬有礼的宴会的体统。于是只得运用巧妙的技术。大约是先下观察功夫，看定了哪处有一丘陵，就对准哪处，用迅雷不及掩耳的势力，将瓢一攫。技术高明的，可以攫得半瓢；技术差的，也总有二三粒虾仁入瓢，缩回手去的时候不伤面子。因为此种表演，为环桌二十余只眼睛所共睹，而且有人替你捏两把汗。如果你技术不高明，空瓢缩回，岂不是在大庭广众之中，颜面攸关呢！

我在宴会席上，往往呆坐，参观各人表演吃菜。我常常在心中惊疑：请人吃饭，为什么一定要取这种恶作剧的变戏法的方式呢？为什么数千年来没有人反对或提倡改革呢？至此我又发生了一个大疑问："食色性也"。"饮食男女，人之大欲也"。圣贤把这两件事体并称，足证它们在人生具有同等的性状与地位。何以人生把"色"隐秘起来，而把"食"公开呢？要隐秘，大家隐秘；要公开，大家公开！如果大家公开办不到，不如大家隐秘。因为这两件事，从其丑者而观之，两者都是丑态。吃饭一事，假如你是第一次看见，实在难看得很；张开嘴巴来，露出牙齿来，伸出舌头来，把猪猡的肾肠，鸡鸭的屁股之类的东西拼命地塞进去，"结格结格"地咀嚼，淋淋漓漓的馋涎，这实在是见人不得的事！何以大家非但不隐秘，又且公开表演呢？

"不以人废言"，我不忘记周作人的两句话："人是由动物'进化'的"，"人是由'动物'进化的"。前句强语气在"进化"二字，所以人"异于禽兽"。后句强语气在"动物"二字，所以人与动物一样有食欲性欲。这是天经地义。但在习惯上，前者过分地隐秘，甚至说也说不得；后者过分地公开，甚至当作礼节，称为"宴会"。这实在是我生一大疑问。隔壁招贤寺里的弘伞法师，每天早晨吃一顿开水，正午吃一顿素饭。一天的饮食问题就解决。他到我家来闲谈的时候，不必敬烟，不必敬茶，纯粹的谈话。我每逢看到这位老和尚，常常作这样的感想：人是由"动物"进化的，"动物欲"当然应该满足；做和尚的只有一种"动物欲"，也当然要满足。但满足的方式，越简单越好，越隐秘越好。因为这便是动物共通的下等欲望，不是进化的文明人的特色，所以不值得公开铺张的。做和尚的能把唯一的动物欲简单迅速地满足，而致全力于精神生活，这正是真的和尚，也正是最进化的人。和尚原作别论，不必详说。总之，两种"动物欲"的"下等"程度即使有高低之差，不能如我前文所说"要隐秘大家隐秘，要公开大家公开"。但饮食一事，不拘它下等得如何高尚，至少不值得大事铺张，公开表演。根据这理论，我反对宴会，嫌恶宴会。

"三不先生"的资格，我也许不能永久保有。但至少，不宴会的"一不先生"的资格，我是永远充分具备的。

卅六年五月卅一日于杭州作

我与弘一法师

——卅七年十一月廿八日在厦门佛学会讲

弘一法师是我学艺术的教师，又是我信宗教的导师。我的一生，受法师影响很大。厦门是法师近年经行之地，据我到此三天内所见，厦门人士受法师的影响也很大；故我与厦门人士不啻都是同窗弟兄。今天佛学会要我演讲，我惭愧修养浅薄，不能讲弘法利生的大义，只能把我从弘一法师学习艺术宗教时的旧事，向诸位同窗弟兄谈谈，还请赐我指教。

我十七岁入杭州浙江第一师范，廿岁毕业以后没有升学。我受中等学校以上学校教育，只此五年。这五年间，弘一法师，那时称为李叔同先生，便是我的图画音乐教师。图画音乐两科，在现在的学校里是不很看重的；但是奇怪得很，在当时我们的那间浙江第一师范里，看得比英、国、算还重。我们有两个图画专用的教室，许多石膏模型，两架钢琴，五十几架风琴。我们每天要花一小时去练习图画，花一小时以上去练习弹琴。大家认为当然，恬不为怪，这是什么原故呢？因为李先生的人格和学问，统制了我们的感情，折服了我们的心。他从来不骂人，从来不责备人，态度谦恭，同出家后完全一样；然而个个学生真心的怕他，真心的学习他，真心的崇拜他。我便是其中之一人。因为就人格讲，他的当教师不为名利，为当教师而当教师，用全副精力去当教师。就学问讲，他博学多能，其国文比国文先生更高，其英文比英文先生更高，其历史比历史先生更高，其常识比博物先生更富，又是书法金石的专家，中国话剧的鼻祖。他不是只能教图画音乐，他是拿许多别的学问为背景而教他的图画音乐。夏丏尊先生曾经说："李先生的教师，是有后光的。"像佛菩萨那样有后光，怎不教人崇拜呢？而我的崇拜他，更甚于他人。大约是我的气质与李先生有一点相似，凡他所欢喜的，我都欢喜。我在师范学校，一、二年级都考第一名；三年级以后忽然降到第二十名，因为我旷废了许多师范生的功课，而专心于李先生所喜的文学艺术，一直到毕业。毕业后我无力升大学，借了些钱到日本去游玩，没有进学校，看了许多画展，听了许多音乐会，买了许多文艺书，一年后回国，一方面当教师，一方面埋头自习，一直自习到现在，对李先生的艺术还是迷恋不舍。李先生早已由艺术而升华到宗教而成正果，而我还彷徨在艺术宗教的十字街头，自己想想，真是一个不肖的学生。

他怎么由艺术升华到宗教呢？当时人都诧异，以为李先生受了什么刺激，忽然"遁入空门"了。我却能理解他的心，我认为他的出家是当然的。我以为人的生活，可以分作三层：一是物质生活，二是精神生活，三是灵魂生活。物质生活就是衣食。精神生活就是学术文艺。灵魂生活就是宗教。"人生"就是这样的一个三层楼。懒得（或无力）走楼梯的，就住在第一层，即把物质生活弄得很好，锦衣玉食，尊荣富贵，孝子慈孙，这样就满足了。这也是一种人生观。抱这样的人生观的人，在世间占大多数。其次，高兴（或有力）走楼梯的，就爬上二层楼去玩玩，或者久居在里头。这就是专心学术文艺的人。他们把全力贡献于学问的研究，把全心寄托于文艺的创作和欣赏。这样的人，在世间也很多，即所谓"知识分子""学者""艺术家"。还有一种人，"人生欲"很强，脚力很大，对二层楼还不满足，就再走楼梯，爬上三层楼去。这就是宗教徒了。他们做人很认真，满足了"物质欲"还不够，满足了"精神欲"还不够，必须探求人生的究竟。他们以为财产子孙都是身外之物，学术文艺都是暂时的美景，连自己的身体都是虚幻的存在。他们不肯做本能的奴隶，必须追究灵魂的来源，宇宙的根本，这才能满足他们的"人生欲"。这就是宗教徒。世间就不过这三种人。我虽用三层楼为比喻，但并非必须从第一层到第二层，然后得到第三层。有很多人，从第一层直上第三层，并不需要在第二层勾留。还有许多人连第一层也不住，一口气跑上三层楼。不过我们的弘一法师，是一层一层的走上去的。弘一法师的"人生欲"非常之强！他的做人，一定要做得彻底。他早年对母尽孝，对妻子尽爱，安住在第一层楼中。中年专心研究艺术，发挥多方面的天才，便是迁居在二层楼了。强大的"人生欲"不能使他满足于二层楼，于是爬上三层楼去，做和尚，修净土，研戒律，这是当然的事，毫不足怪的。做人好比喝酒：酒量小的，喝一杯花雕酒已经醉了，酒量大的，喝花雕嫌淡，必须喝高粱酒才能过瘾。文艺好比是花雕，宗教好比是高粱。弘一法师酒量很大，喝花雕不能过瘾，必须喝高粱。我酒量很小，只能喝花雕，难得喝一口高粱而已。但喝花雕的人，颇能理解喝高粱者的心。故我对于弘一法师的由艺术升华到宗教，一向认为当然，毫不足怪的。

艺术的最高点与宗教相接近。二层楼的扶梯的最后顶点就是三层楼，所以弘一法师由艺术升华到宗教，是必然的事。弘一法师在闽中，留下不少的墨宝。这些墨宝，在内容上是宗教的，在形式上是艺术的——书法。闽中人士久受弘一法师的熏陶，大都富有宗教信仰及艺术修养。我这初次入闽的人，看见这情形，非常歆羡，十分钦佩！

前天参拜南普陀寺，承广洽法师的指示，瞻观弘一法师的故居及其手种杨柳，又看到他所创办的佛教养正院。广义法师要我为养正院书联，我就集唐人诗句："须知诸相皆非相，能使无情尽有情"，写了一副。这对联挂在弘一法师所创办的佛教养正院里，我觉得很适当。因为上联说佛经，下联说艺术，很可表明弘一法师由艺术升华到宗教的意义。艺术家看见花笑，听见鸟语，举杯邀明月，开门迎白云，能把自然当作人看，能化无情为有情，这便是"物我一体"的境界。更进一步，便是"万法从心""诸相非相"的佛教真谛了。故艺术的最高点与宗教相通。最高的艺术家有言："无声之诗无一字，无形之画无一笔。"可知吟诗描画，平平仄仄，红红绿绿，原不过是雕虫小技，艺术的皮毛而已。艺术的精神，正是宗教的。古人云："文章一小技，于道未为尊。"又曰："太上立德，其次立言。"弘一法师教人，亦常引用儒家语："士先器识而后文艺。"所谓"文章"，"言"，"文艺"，便是艺术；所谓"道"，"德"，"器识"，正是宗教的修养。宗教与艺术的高下重轻，在此已经明示；三层楼当然在二层楼之上的。

我脚力小，不能追随弘一法师上三层楼，现在还停留在二层楼上，斤斤于一字一笔的小技，自己觉得很惭愧。但亦常常勉力爬上扶梯，向三层楼上望望。故我希望：学宗教的人，不须多花精神去学艺术的技巧，因为宗教已经包括艺术了。而学艺术的人，必须进而体会宗教的精神，其艺术方有进步。久驻闽中的高僧，我所知道的还有一位太虚法师。他是我的小同乡，从小出家的。他并没有弄艺术，是一口气跑上三层楼的。但他与弘一法师，同样地是旷世的高僧，同样地为世人所景仰。可知在世间，宗教高于一切。在人的修身上，器识重于一切。太虚法师与弘一法师，异途同归，各成正果。文艺小技的能不能,在大人格上是毫不足道的。我愿与闽中人士以二法师为模范而共同勉励。

不惑之礼

廿六〔1937〕年阴历元旦，我破晓醒来，想道："从今天起，我应该说是四十岁了。"摸摸自己的身体看，觉得同昨天没有什么两样；检点自己的心情看，觉得同昨天也没有什么差异。只是"四十"这两个字在我心里作怪，使我不能再睡了。十年前，我的年岁开始冠用"三十"两字时，我觉得好像头上张了一把薄绸的阳伞，全身蒙了一个淡灰色的影子。现在，我的年岁上开始冠用"四十"两字时，我觉得好比这顶薄绸的阳伞换了一柄油布的雨伞，全身蒙了一个深灰色的影子了。然而这柄雨伞比阳伞质地坚强得多，周围广大得多，不但能够抵御外界的暴风雨，即使落下一阵卵子大的冰雹来，也不能中伤我。设或豺狼当道，狐鬼逼人起来，我还可以收下这柄雨伞来，充作禅杖，给它们打个落花流水呢。

阴历元旦的清晨，四周肃静，死气沉沉，只有附近一个学校里的一群小学生，依旧上学，照常早操，而且喇叭吹得比平日更响，步伐声和喇叭一齐清楚地传到我的耳中。于是我起床了。盥洗毕，展开一张宣纸，抽出一支狼毫，一气呵成地写了这样的几句陶诗：

先师遗训，余岂云坠！四十无闻，斯不足畏。
脂我名车，策我名骥。千里虽遥，孰敢不至！

下面题上"廿六年古历元旦卯时缘缘堂主人书"，盖上一个"学不厌斋"的印章，装进一个玻璃框中，挂在母亲的遗像的左旁。古人二十岁行弱冠礼，我这一套仿佛是四十岁行的不惑之礼。

不惑之礼毕，我坐楼窗前吸纸烟。思想跟了晨风中的烟缕而飘曳了一会，不胜恐惧起来。因为我回想过去的四十年，发生了这样的一种感觉：我觉得，人生好比喝酒，一岁喝一杯，两岁喝两杯，三岁喝三杯……越喝越醉，越醉越痴，越迷，终而至于越糊涂，麻木若死尸。只要看孩子们就可知道：十多岁的大孩子，对于人生社会的种种怪现状，已经见惯不怪，行将安之若素了。只有七八岁的小孩子，有时把眼睛张得桂圆大，惊疑地质问："牛为什么肯被人杀来吃？""叫化子为什么肯讨饭？""兵为什么肯打仗？"……大孩子们都笑他发痴，我只见大孩子们自己发痴。他们已经喝了十多杯酒，渐渐地有些醉，已在那里痴迷起来，糊涂起来，麻木起来了，可胜哀哉！我已经喝了四十杯酒，照理应该麻醉了。幸好酒量较好，还能知道自己醉。然而"人生"这种酒是越喝越浓，越浓越凶的。只管喝下去，我将来一定也有烂醉而不自知其醉的一日，为之奈何！

于是我历数诸师友，私自评较：像某某，数十年如一日，足见其有千钟不醉之量，不胜钦佩；像某某，对醉人时自己也烂醉，遇醒者时自己也立刻清醒，这是圣之时者，我也不胜钦佩；像某某，愈喝愈醉，几同脱胎换骨，全失本来面目，我仿佛死了一个朋友，不胜惋惜；像某某，醉迷已极，假作不醉，这是予所否者，不屑评较了。我又回溯古贤先哲，推想古代的人生社会，知道他们所喝的也是这一种酒，并没有比我们的和善。始知人的醉与不醉，不在乎酒的凶与不凶，而在乎量的大与不大。

我怕醉,而"人生"这种酒强迫我喝。在这"恶醉强酒"的生活之下,我除了增大自己的酒量以外,更没有别的方法可以避免喝酒。怎样增大我的酒量? 只有请教"先师遗训"了。

于是我检出靖节诗集来,通读一遍,折转了三处书角。再拿出宣纸和狼毫来,抄录了这样的三首诗:

> 日暮天无云,春风扇微和。佳人美清夜,达曙酣且歌。
> 歌竟长叹息,持此感人多。皎皎云间月,灼灼叶中花,
> 岂无一时好,不久当如何?

> 迢迢百尺楼,分明望四荒。暮作归云宅,朝为飞鸟堂。
> 山河满目中,平原独茫茫。古时功名士,慷慨争此场。
> 一旦百岁后,相与还北邙。松柏为人伐,高坟互低昂。
> 颓基无遗主,游魂在何方。荣华诚足贵,亦复可怜伤!

> 人生归有道,衣食固其端。孰是都不营,而以求自安?
> 开春理常业,岁功聊可观。晨出肆微勤,日入负耒还。
> 山中饶霜露,风气亦先寒,田家岂不苦,弗获辞此难。

四体诚乃疲，庶无异患干，盥濯息檐下，斗酒散襟颜。遥遥沮溺心，千载乃相关。但愿常如此，躬耕非所叹。

写好后，从头至尾阅读一遍，用朱笔在警句上加了些圈；好好地保存了。因为这好比一张醒酒的药方。以后"人生"的酒推上来时，只要按方服药，就会清醒。我的酒量就仿佛增大了。

这样，廿六年阴历元旦完成了我的不惑之礼。

廿六年八月二日于杭寓

古稀之贺

翻译《源氏物语》时偶然放笔，抬起头来，看见座右挂着一个条幅，上面写着一首俳句：

古稀の贺の近ずき鹤の空晴る。（中译为：古稀之贺行看近，万里晴空任鹤飞。）

这是长于俳句的老朋友葛祖兰先生送我，预祝我七十之寿的。

我吟唱了一遍，想起自己已经年近古稀，觉得又惊又喜。惊的是流光如水，年华迅速；喜的是生逢盛世，老而益壮，年近古稀，还能抖擞精神地担任世界古典巨著《源氏物语》的翻译工作。我自己也觉得可贵。

我从三十岁起就辞去教师职务，从事绘画和译著，至今已历三十多年。这三十多年的长时期中，我究竟写了些什么呢？今天回想：前面二十多年中所写的只是些零星琐屑的小文和漫画；后面十几年中却作了四种巨大的译著，即《猎人笔记》《西洋美术辞典》《我的同时代人的一生》，以及正在工作中的《源氏物语》。又画了许多大幅的绘画。

屠格涅夫著《猎人笔记》，我是在初解放的时候译的。所根据的原本是俄文本。中译本三十多万字，记得是在一年内译成的。

《西洋美术词典》是我和女儿丰一吟合编的，字数共约百余万。所根据的书籍是日本版的西洋美术辞典、苏联的百科全书，以及其他美术参考书。

柯罗连科著《我的同时代人的一生》，也是和女儿丰一吟合译的，全四卷，字数共约百余万。这部苏联古典巨著，不听见有英译本及日译本，中国过去也不曾译过。我们这回是最初的中译。

《源氏物语》这部世界最早（一〇〇六年完成）的长篇小说，英国和德国都有译本，中国却没有，我这回是初译。估计字数约有一百多万，预计约三年完成。

我自己觉得奇怪：二十多年的壮年期中写不出什么东西，十几年的老年期中反而写出了四部巨大的译著，这是什么缘故呢？仔细回想，原来这是生活安定与不安定的关系。首先：在解放前，出版事业大都是私营的。书店老板剥削作者的劳动力，克扣稿费；他们大都不顾文化，唯利是图。译著者虽然有心从事富有文化价值的巨著的译作，却不容易获得出版的机会。因此我壮年期的工作，只是些零星的短文和漫画，谈不上什么成果。其次：更重要的原因是解放前作家生活没有保障，全靠稿费糊口，因此不得不迁就书店老板的需要，不能如意称心地从事富有文化价值的工作。我回想解放前，对每种译著工作，都不得不先计算一下稿费收入；有时还不得不和书店老板讨价还价，以防遭受剥削。但在解放后的今日，"稿费"两字我几乎已经忘记；我对每种译著工作，只是考虑它的文化价值，全不想起它的物质报酬。因为我的生活早有终身的保障（我是受国家月俸的），绝不贪图稿费；即使没有稿费也不妨，何况付稿费的不是剥削图利的书店老板，而是公正贤明的国营出版社呢！因此最近十几年来，我能够专心一志地从事译著和绘画；能够随心所欲地表现我的思想感情。因此在短短的十几年的老年期中，我的工作反而获得了成果。

还有一个附带的原因：我的女儿一吟能够经常替我当助

手，也是促成这成果的一股力量。我在译著工作中，有时要查考书籍，有时要校勘原稿和校样，或者编制索引，抄写文稿，我不耐烦这些细致工作，这都是由她代劳的。倘在旧时代，她为了自己的生活问题，不得不进书店当编辑或者当教师，没有时间来替我当助手，我也没有力量另雇助手。但是现在她是上海编译所的所员，这编译所的制度是各人自由在家工作的，不必每天上办公室。她既有按月的生活津贴，又有稿费，生活不成问题；在她个人的工作之外，尚有时间可以帮助我的工作；而且天天在我身边，接洽十分便利。我最近十几年来的工作比过去廿几年的工作成果较大，这不可不说是一个附带的原因。

关于绘画，前后两时期的对比更是显著：在旧时代，我画小幅的漫画。这些漫画的题材，大都是人生社会的黑暗相和悲惨相。我曾在一九三六年出版的画集《人间相》的序文中说："吾画既非装饰，又非赞美，更不可为娱乐；而皆人间之不调和相、不欢喜相与不可爱相，独何欤？东坡云：'恶岁诗人无好语。'若诗画通似，则窃比吾画于诗可也。"我当时有一个图章，上面刻的是"速朽之作"四个字。因为我希望这种黑暗相和悲惨相早日消灭，让我另画一种欢喜相和可爱相。我这希望，果然在解放之后实现了！我早已把这颗图章毁弃。

解放之后，我眼前的黑暗都变成了光明，因此我的画笔活跃了，我的画面扩大了，我的画材丰富多彩了。我每次旅行，画材满载而归。全国许多报纸上都登载我的画。许多地方挂着我的画。我已刊行了一册儿童画集，不久又将刊一册更大的画集。十几年来，我在绘画方面的成果并不亚于译著方面呢！

"古稀の贺の近ずき鹤の空晴る。"我的老朋友送我这首贺诗，足证他是深知我近来的生活情况的，我自己也要对自己作"古稀之贺"。

一九六一年岁暮记于上海

洋式门面[*]

以前我旅行到一处小城市,在当地一个小旅馆里住了几天。那旅馆位在这城市中最热闹的大街上。我每天进进出出,后来看熟了这大街的相貌。我觉得江浙内地的小城市,相貌大致相似。无非是石库墙门,粉墙马头,石板路,环洞门,石桥,茅坑,以及各种应有的商店凑合而成。而且各种商店的相貌,也各地大致相似。米店老是这么样子,药店老是那么样子,酱园又刻板如此……有时我看到了一爿商店,会把甲地误认为乙地。我觉得漫游内地的城市,好比远看一群农夫。服装、相貌,和态度个个差不多。

然而这小城市的大街中,有一个特点,惹我注目:许多

---

[*] 本篇原载1935年11月12日《申报》。

完全中国式的半旧的店屋中间，夹着一所簇新的三层楼洋房。这是一爿绸缎店，这时候正在那里"大减价"。电灯泡像汗珠一般地装满了它的洋式门面。写着赌咒一般的广告文句的五色旗帜插满它的洋式门面，使我每次走过，不得不仰起头来看看。我觉得这洋房的门面着实造得讲究。全体红砖头嵌白线，上两层都有装花铁栏杆的洋台，窗户都用环门，环门上都砌出花纹来。样式虽不摩登但颇有些子西洋风，足以使我联想起路易时代的华丽的宫廷建筑来。我没有进去买绸缎，这洋房的内貌不得而知。但根据了这门面而推想，里面的建筑大约也很可观。这样陈旧的大城市里有了这样可观的一所三层楼洋房，好比鸡群中有了一只鹤，真是难得！但就城市的全体看，又好比一个农夫的头颈里加了一条绯色的花领带，怪不调和的！

后来，我离去这城市的前一日，一位朋友要我同到大街后面一所茶楼上去喝茶，他说这茶楼位在一个小高原上，房屋虽然平常，但因基地很高，凭在楼窗上可以眺望市外的野景，倒是很可息足的地方。我就跟他去。走过那三层楼洋房，转弯，过桥，便见高地上凌空站着一所茶楼。去处固然不坏，那楼窗内有许多闲煞了的"雅座"，似乎正在向我们招手。我们走进门，拾级而上，拣楼角靠窗口的座位坐下了。这里地位固然很高，坐在椅子上，可以望见市外的桑林、稻田，和市内许多房屋的屋顶。我望见其中有一所红色的屋，最高，矗立在诸屋顶之上。我知道这就是那三层楼洋房的绸缎店。

喝了好几开茶，烧了许多香烟，谈了许多话之后，我们疲倦起来，离开座位，沿楼窗走走。走到楼的那一角，靠在窗沿上眺望一下。我惊奇了：为的是望见那三层楼洋房的最高层的窗子开着，而窗子里面露出青天。几根电线横在这屋的背后，其一部分显出在窗子里。一只鸟飞翔在这屋的后面，我也看见它从窗子里面飞过。我不期地叫出：

"咦！绸缎店里面几时火烧了？"

我的朋友不解我的意思，但抬头四望，找求火烧的烟气。经我说明，他才一笑答道：

"他们的洋房是假的呀！这原来也是一所旧式房子。后来添造了一个洋式门面，和一个'假三层楼'。外面看看神气十足，其实里面都是破房子。而且这三层楼只有一堵壁，壁的后面是天空，那些窗都是装装样子的。你在街上走时被它欺骗了，瞻仰这三层楼，还以为里面有着洞房清宫。现在被你看破了，也算是它的不幸！哈哈！"

我听了恍然大悟。重新眺望。观察了一会，不禁大笑，又重有所感。我每见商店的报纸上，刻印着"本号开设某地某街，坐北朝南，洋式门面便是"等字样。这绸缎店真正只有一个"洋式门面"，其营业手段可谓极精明而最经济了！但我不得不为建筑艺术及人心深痛地惋惜：有人说，西洋文明一入中国便恶化。这个"假三层楼"可说是这句话的一个最极端的证例。有人说，"市容"是民心的象征。这个"假三层楼"具象地显示了当地人心的弱点！

中国式的建筑，西洋式的建筑，各有其实用的好处，各有其美术的价值。就实用说，中国式建筑宽舒而幽深，宜于游息。西洋式建筑精致而明爽，宜于工作。就形式（美术）说，中国式建筑构造公开，质料毕显，任人观览，毫无隐藏及虚饰。故富有"自然"之美。西洋式建筑形状精确，处处如几何形体；部署巧妙，处处适于住居心情，故富有"规则"的美。物质文明用了不可抵抗之力而闯入远东，为了生存竞争，我们不得不接受。旧有的建设，有许多不得不改变，以求效果的增大。建筑，尤其是工商业的建筑，为了工作能率的增加，就自然地要求洋式化了。然而，前面已经说过，一切西洋文明一入中国便恶化，西洋建筑术入中国，也逃不了这定例。大都徒然模仿了洋房的皮毛，而放弃了中国房子所有的好处。墙壁一碰就裂，地板一踏就动，天花板一下雨就漏，"四不灵"①一用就不灵……而且坍损了难于修理，甚至不可收拾。记得往年有一次，我经过所谓"洋房"的建筑工场，看见工人们正在那里做水门汀柱子。我站着参观一下，但见他们拿着畚箕，把东西倒进几根细铁条围成的柱骨里去。细看倒进去的是什么东西，一半是小砖石，一半是垃圾——香蕉皮和花生壳都有！他们将要给这些细铁条、小砖石、香蕉皮和花生壳穿上一件方正平滑的水门汀衣裳，当作一根柱子。我想：将来房屋造好了，人们坐在这柱子旁，犹如坐在固封了的垃圾桶旁呢！又有一次，我住了一所有抽水马桶的三层楼洋房。正屋旁边有小附屋，上两层是抽水马桶间，下一层是灶间。抽水马桶的粗大的铁管，通过了灶间而入地，正靠在饭锅的旁边。据烧饭司务说，人静的时候，铁管中尿屎从三层楼落下，其音历历可闻。从此"洋房"给了我一个不好的印象。但这回看到了这个丑

---

① 英文 spring（lock）的译音，今译弹簧锁。

恶的"假三层楼",觉得前此之所见,还是可恕的了。

这种"洋房"所以恶化的原因,并非专为廉价,西洋的农村不是有着很合用而美观的 cottage〔村舍〕吗?主要的原因,实由于要"装场面"。我们中国有许多造"洋房"的人,其目的非为求其适于住居及增加工作能率,实为好新立异,欲夸耀人目,以遂其招摇撞骗之愿,同时又不肯或不能多出些钱。于是建筑工程师就迎合这般人的心理,尽力偷工减料,创造那种专事皮毛模仿的"洋房"。他们的伎俩跟了时代而极度地发展进步,到今日居然产生了这个"假三层楼"的大杰作!——建筑艺术的浩劫!人心的虚伪、丑恶、愚痴的象征!

下了茶楼,辞别了我的朋友归寓,途经这"假三层楼"的时候,我急忙远离了,向前走去。一路但想:以"经济""便利""美观"三条件为要旨的"合理的"建筑,何时出现在我们的内地呢?何时出现在我们的内地呢?

赤栏桥外柳千条 *

日丽风和的一个下午，独自在西湖边上徬徨。暂时忘记了时间，忘记了地点，甚至忘记了自身，而放眼观看目前的春色，但见绿柳千条，映着红桥一带，好一片动人的光景！古人诗云："赤栏桥外柳千条。"昔日我常叹赏它为描写春景的佳句。今日看见了它的实景，叹赏得愈加热烈了。但是，这也并非因为见了诗的实景之故，只因我忘记了时间，忘记了地点，甚至忘记了自身，所见的就是诗人的所见；换言之，实景就是诗，所以我的叹赏能愈加热烈起来。不然，凶恶的时代消息弥漫在世界的各处，国难的纪念碑矗立在西湖的彼岸，也许还有人类的罪恶充塞在亦栏桥畔的汽车

---

* 本篇原载1936年4月11日、12日《申报》，曾收入作者的《艺术与人生》一书，改题为《红与绿》。

里，柳阴深处的楼台中，世间有什么值得叹赏呢？从前的雅人欢喜管领湖山，常自称为"西湖长"，"西湖主"。做了长，做了主，哪里还看得见美景？恐怕他们还不如我一个在西湖上的游客，能够忘怀一切，看见湖上的画意诗情呢？

但是，忘怀一切，到底是拖着肉体的人所难以持久的事。"赤栏桥外柳千条"之美，只能在一瞬间使我陶醉，其次的瞬间就把我的思想拉到艺术问题上去。红配着绿，何以能使人感到美满？细细咀嚼这个小问题，徬徨中的心也算有了一个着落。

据美学者说，色彩都有象征力，能作用于人心。人的实际生活上，处处盛用着色彩的象征力。现在让我先把红绿两色的用例分别想一想看：据说红象征性爱，故关于性的曰"桃色"。红象征婚姻，故俗称婚丧事曰"红白事"。红象征女人，故旧称女人曰"红颜""红妆"。女人们自己也会很巧妙地应用红色：有的把脸孔涂红，有的把嘴唇涂红，有的把指爪涂红，更有的用大红作衣服的里子，行动中时时闪出这种刺目的色彩来，仿佛在对人说："我表面上虽镇静，内面是怀抱着火焰般的热情的啊！"爱与结婚，总是欢庆的，繁荣的。因此红又可象征尊荣。故俗称富贵曰"红"。中国人有一种特殊的脾气：受人银钱报谢，不欢喜明明而欢喜隐隐，不欢喜直接而欢喜间接。在这些时候，就用得着红色的帮助，只要把银钱用红纸一包，即使明明地送去，直接地送去，对方看见这色彩自会欣然乐受。这可说是红色的象征力的一种妙用！然而红还有相反的象征力：在古代，杀头犯穿红衣服，红是罪恶的象征。在现代，车站上阻止火车前进用红旗，马路上阻止车马前进用红灯，红是危险的象征；义旗大都用红，红是革命的。苏联用红旗的，人就称苏联曰"赤俄"，而谨防她来"赤化"。同是赤，为什么红纸包的银钱受人欢迎，而赤化遭人大忌呢？这里似乎有点矛盾。但从根本上想，亦可相通：大概人类对于红色的象征力的认识，始于火和血。火是热烈的，血是危险的。热烈往往近于危险，危险往往由于热烈。凡是热情、生动、发展、繁荣、力强、激烈、危险等性状，都可由火和血所有的色彩而联想。总之，红是生动的象征。

绿象征和平。故车站上允许火车前进时用绿旗，马路上允许车马前进时用绿灯。这些虽然是人为的记号，其取用时也不无自然的根据。设想不用红和绿而换两种颜色，例如黄和紫，蓝和橙，就远不及红和绿的自然，又不容易记忆，驾车人或将因误认而肇事亦未可知。只有红和绿两色,自然易于记忆。驾车人可从灯的色彩上直觉地感到前途的状况,不必牢记这种记号所表示的意味。人的眼睛与身体的感觉,巧妙地相关联着。红色映入眼中,身体的感觉自然会紧张起来。绿色映入眼中,身体的感觉自然会从容起来。你要见了红勉强装出从容来,见了绿勉强装出紧张来,固无不可;然而不是人之常情。从和平更进一步,绿又象征亲爱。故替人传达音信的邮差穿绿衣。世界语学者用象征和平亲爱的绿色为标识。都是很有意义的规定。大概人类对于绿色的象征力的认识,始于自然物。像今天这般风和日丽的春天,草木欣欣向荣,山野遍地新绿,人意亦最欢慰。设想再过数月,绿树浓阴,漫天匝地,山野中到处给人张着自然的绿茵与绿幕,人意亦最快适,故凡欢慰、和乐、平静、亲爱、自然、快适等性状,都可由自然所有的色彩而联想。总之,绿是安静的象征。

红和绿并列使人感到美观,由上述的种种用例和象征力可推知。红象征生动,绿象征安静。既生动而又安静,原是最理想的人生。自古以来,太平盛世的人,心中都有这两种感情饱和地融合着。目前的"赤栏桥外柳千条"的色彩,正是太平盛世的象征。

这也可从色彩学上解说：世间一切色彩，不外由红黄蓝三色变化而生。故红黄蓝三者称为"三原色"。三原色各有其特性：红热烈，黄庄严，蓝沉静。每两种原色相拼合，成为"三间色"，即红黄为橙，红蓝为紫，黄蓝为绿。三间色亦各有其特性：橙是热烈加庄严，即神圣；紫是热烈加沉静，即高贵；绿为庄严加沉静，即和平也。如此屡次拼合，则可产生无穷的色彩，各有无穷的特性。今红与绿相配合，换言之，即红与黄蓝相配合。对此中三原色俱足。换言之，即包含着世间一切色彩。故映入人目，感觉饱和而圆满，无所偏缺。可知红绿对比之所以使人感觉美满，根本的原因在于三原色的俱足，然三原色俱足的对比，不止红绿一种配合而已。黄与紫（红蓝），蓝与橙（红黄），都是俱足三原色的。何以红与绿的配合特别美满呢？这是由于三原色性状不同之故。色彩中分阴阳二类，红为阳之主；色彩中分明暗二类，红为明之主；色彩中分寒暖二类，红为暖之主。阳强于阴，明强于暗，暖强于寒。故红为三原色中最强者，力强于黄，黄又力强于蓝。故以黄蓝合力（绿）来对比红，最为势均力敌。红蓝（紫）对比黄次之。红黄（橙）对比蓝又次之。从它们的象征上看，也可明白这个道理：热烈、庄严，与沉静，在人的感情的需要上，也作顺次的等差。热烈第一，庄严次之，沉静又次之。重沉静者失之柔，重庄严者失之刚。只有重热烈者，始得阴阳刚柔之正，而合于人的感情的需要，尤适于生气蓬勃的人的心情。故朴厚的原始人欢喜红绿；天真的儿童欢喜红绿；喜庆的人欢喜红绿；受了丽日和风的熏陶，忘怀了时世的忧患，而徬徨于西湖滨的我，也欢喜"赤栏桥外柳千条"的色彩的饱和，因此暂时体验了盛世黎民的幸福的心情。

可惜这千条杨柳不久就要摇落变衰。只恐将来春归夏尽，秋气萧杀，和平的绿色尽归乌有，单让赤栏桥的含有危险性的色彩独占了自然界，而在灰色的环境中猖獗起来。然而到那时候，西湖上将不复有人来欣赏景色，我也不会再在这里徬徨了。

廿五〔1936〕年三月十八日作

禁止攀折[*]

现在正是所谓"绿阴时节"。游山玩水,欣赏自然,没有比现在更好的时节了。乡村的田野中,好像打翻了绿染缸,处处是一堆一堆的绿。都市的公园中,绿色的布置更齐整:那树木好像绿的宝塔,那冬青好像绿的低垣,那草地好像绿的毯子。爱好天真的人不欢喜这些人工的自然,嫌它们矫揉造作;不欢喜这些规则的布置,嫌它们呆板。它们的确难能避免这种批评。这原是西洋风的庭园装饰法。西洋人的生活,什么都科学化,连自然界的花木,也硬要它们生作几何形体。这点趣味,与一向爱好天真自然的东洋人很不投合,我们偶然看见这种几何形体的植物,一时也

---

[*] 本篇原载1936年6月28日、29日《申报》。

觉得新颖可喜。但是看惯之后，或者与野生植物比较起来，就觉得这些很不自然。若是诗人、画家，带了"有情化"的眼光而游这种公园，其眼前所陈列的犹如一群折断了腰，斩了头，截了肢体的人，其状惨不忍睹。在他们，进公园不但不得娱乐，反而起了不快之感。

这种不快之感，原是敏感的人所独有的，普通人可以不必分担。但现今多数的公园中，另有一种更显著的现象，常给游客以不快的印象。这便是"禁止攀折"一类的标札。据有一位朋友说，他带了十分愉快的心情而走进公园大门。每逢看见一个"禁止"的标札，他的愉快可打一个九折。看见了两个"禁止"的标札，他的愉快只剩一折八扣了。我很能了解他的心情。他看了这种"禁止"标札所以感觉不快者，并非为了他想攀花折柳，被禁止而不能如愿之故。也不是为了他曾经攀花折柳吃过别人耳光的原故。他所嫌恶的，是这种严厉的标札破坏了公园的美，伤害了人心的和平。

我对这意思完全同情。我们不否定"禁止"两字的存在，却嫌它们不应该用在公园里。譬如军政重地，门外面挂一张"禁止闲人入内"的虎头牌，我们并不讨嫌它。因为这些地方根本不可亲爱，我们决不想在这些地方得个好感。就是放两架机枪在门口，也由它去，何况只标几个文字呢？又如税关，外面挂着一张"禁止绕越"的虎头牌，我们也不讨嫌它。因为税关办理非严密不可，我们决不希望它客客气气地坐视走私。即使派兵警守护也不为过，何况贴一张字条儿呢？又如火车站的月台上，挂着"禁止越轨"的牌子；碘酒的瓶上，写着"禁止内服"的红字，我们非但不讨嫌它们，反而觉得感谢。因为它们防人误触危险，有碍生命，其警告是出于好意的。故"禁止"二字放在上述的地方，都很相当，我们都不觉得不快；但放在公园里，就非常不调和，有时要刺痛游人的眼睛。因为公园是供人游乐的地方，使人得到慰安的地方。这里面所有的全是美与和平。拿"禁止"这两个严厉的字眼来放在美与和平的背景中，犹如万绿丛中着了一点红色，多少刺目；又好比许多亲爱的嘉宾中混入了一个带手枪的暴徒，多少不调和！

试想：休沐日之晨，或者放工后的傍晚，约了二三伴侣散步于公园中，在度着紧张的现代都会生活的人们，这原是好的恢复精神，鼓励元气，调节生活，享乐生趣的时机。但是一走进门，劈头先给你吃一个警告："禁止攀折！"这游客的心中，本无攀折之意。但吃了这警告，心中不免一阵紧张，两手似觉有些痉挛。自己诫告自己，留心触犯这规则。遇到可爱的花木，宁可远离一点，以避嫌疑。走了一会，看见一个池塘，内有游鱼往来。这里没有树木，没有花卉。游客以为可在这里放心地欣赏游鱼之乐了。然而凭栏一望，当面又吃一个警告："禁止钓鱼及抛掷……！"游客本来不要钓鱼，也不愿拿东西抛掷池中。但吃了这警告，心中又是一阵紧张，两手又觉一种痉挛。再自己诫告自己，留心触犯规则。身子靠在栏杆上，两手宁可反在背后，以避嫌疑。向池中望了一望，乐得早点走开，因为这样地欣赏鱼乐是很不安心的。再走了一会，看见一块草地，平广而整齐，真像一大片绿油漆的地板。中央一条小径，迤逦曲折，好像横卧在这地板上的一条白练。这是多么牵惹游人的光景，谁都乐愿到这小径上走一遭。但是一脚踏进，当眼又吃一个警告："禁止行走草地。"游人本来不忍用脚去践踏这些绿绒似的嫩草。但吃了这警告，心中又是一阵紧张，两脚也感到一种痉挛，再自己诫告自己，留心触犯规则。本想在小径中央站立一会，望望四周的绿草，想象自己穿着神话里的浮鞋，立在浮萍上面。但这有触犯禁章的嫌疑。还不如快步穿过了这小径，来得安心。再走一会，看见一个动物园；

再走一会，看见一个秋千架；再走一会，看见一温室；但处处都有警告给你吃。甚至闲坐在长椅子上，也要吃个"不准搬动椅子"的警告。游客原为找求安慰而来，但现在变成了为吃警告而入公园了！供人游乐的公园挂了许多"禁止"的标札，犹如贴肌的衬衣上着了许多蚤虱，使人感觉怪难过的。美丽的花木、鱼池、草地上挂了这些严厉的警告，亦大为减色。这些真是"杀风景"的东西。

然而我们也不可不为公园的管理人着想。上述的游客，原是循规蹈矩而以谦恭为怀的好人。倘使他不吸香烟，而身上的纽扣又个个扣好，真可谓新生活运动中的完人了。但是世间像这样的人并不多。公园的游客中，有许多人要攀花折柳，有许多人要殃及池鱼，有许多人要践踏草地，还有许多人要无心或有心地毁坏公园中的设备。公园中倘不挂这些杀风景的"禁止"，恐怕早已不成为公园而变成废墟了。而且，"禁止"的警告能够发生效力，还只能限于稍稍文明的地方。有许多公共的风景地方，不声不响的"禁止"两个字全然无效。我曾亲眼看见穿着体面的长衫而在"禁止攀折"的标札旁边攀折重瓣桃花的人。又曾亲眼看见安闲地坐在"禁止洗涤"的牌子下面洗涤裤子的人。又曾屡屡看见悠然地站在"禁止小便"的大字下面放小便的人。对于这种人,即使一连挂了十张"禁止"的标札,也无效用;即使把"禁止"两字写得同"酱园"或"当"一样大[①],也不相干。对于这种人,看来只有每处派个武装警察,一天到晚站岗,时时肆行叱骂,必要时还得飞送耳光,方始有效。这样看来,那些公园能以"禁止"二字收得实效,可谓文明地方的现象;而悬挂"禁止"的标札,也可说是很文明的办法。我们在这里埋怨这种办法的杀风景,似乎对于公园的管理者太不原谅,而对于人世太奢望了。

理想往往与事实相左,然而不能因此而废弃理想。和平美丽的公园中处处悬挂"禁止"的标札,到底是一件使人不快的事。世人惯说"艺术能美化人生",我在这里想起了一个适切的实例:据某画家说,某处的公园中的标札,用漫画来代替文字,用要求同情来代替禁止,可谓调济理想与事实的巧妙的办法。例如要警告游人勿折花木,用勿着模仿军政法政,板起脸孔来喊"禁止"。不妨描一张美丽的漫画,画中表示一双手正在攀折一朵花,而花心里伸出一个人头

---

① 旧时的酱园和当铺,往往把"酱园"二字和"当"字写得同整个墙壁一样大。

来，向着观者颦蹙哀号，痛哭流涕。这不但比"禁止"好看，据我想来实比禁止有效得多。花木虽然不能言语，但它们的具有生机，人类可以迁想而知。有一种花被折断了创口中立刻流出一种白色的滋水来，叶儿立刻软疲下来。看了这光景，谁也觉得凄惨。因为这种滋水可以使人联想到血，这种叶儿可以使人联想到肢体。那幅漫画所表现出来的，便是这种凄惨的光景。向人的内心里要求同情，自比强横的禁止有效得多。又如要警告游人勿伤害池鱼，也可用同样的方法来要求同情，画一个大鱼，头上包着纱布，身上贴着好几处十字形的绊创膏，张着口，流着泪，好像在那里叫痛。旁边不妨再画几条小鱼，偎傍在大鱼身旁，或者流着同情之泪，或在用嘴吻他的创口。这是一幅很可动人的漫画。把人类的事（绊创膏）借用在鱼类身上，一方面非常滑稽可笑，另一方面非常易以引起同情。又如要警告游人勿踏草地，也可画一只大皮鞋，沉重地踏在许多小草上。每枝小草身上都长着一个小头，形如一群幼稚园里的小孩。但这些头都被大皮鞋所踏扁，成荸荠形，大家扁着嘴在那里哭。人们对于脚底下的事，最不易注意。但倘把脸贴伏在地上，细细观察走路时脚底下所起的情形，实在是很可惊的。那皮鞋好像飞来峰，许多小虫被它突然压死，许多小草被它突然腰斩。腰斩的伤痕疗养到将要复原的时候，又一个飞来峰突然压溃了它。这是何等动人的现象！这幅画就把这种现象放大，促人注意。看了这画之后，把脚踏到青青的嫩草上去，脚底下似觉痒痒的非常不安。这便是那幅画的效果。

这种画的效果，乃由于前述的自然"有情化"而来。能把花木、池鱼、小草推想做和人一样有感情的活物，看了这些画方有感动。而"有情化"的看法，又根据在人性中的"同情心"上。要先能推己及人，然后能迁想于物，而开"有情化"之眼。故上述的漫画标札，对于缺乏同情心的人，还是无效。为了有这些人，多数俱足人性的好人无辜地在公园里吃着那种严厉的警告。

廿五〔1936〕年五月三十一日作

护生护心

从梅花说到美*

梅花开了！我们站在梅花前面，看到冰清玉洁的花朵的时候，心中感到一种异常的快适。这快适与收到附汇票的家信时或得到 full mark〔满分〕的分数时的快适，滋味不同；与听到下课铃时的快适，星期六晚上的快适，心情也全然各异。这是一种沉静、深刻而微妙的快适。言语不能说明，而对花的时候，各人会自然感到。这就叫做"美"。

美不能说明而只能感到。但我们在梅花前面实际地感到了这种沉静深刻而微妙的美，而不求推究和说明，总不甘心。美的本身的滋味虽然不能说出，但美的外部的情状，例如原因或条件等，总可推究而谈论一下，现在我看见了

---

* 本篇原载1930年2月《中学生》第2号。

梅花而感到美,感到了美而想谈美了。

关于"美是什么"的问题,自古没有一定的学说。俄罗斯的文豪托尔斯泰曾在其《艺术论》中列述近代三四十位美学研究者的学说,而各人说法不同。要深究这个问题,当读美学的专书。现在我们只能将古来最著名的几家的学说,在这里约略谈论一下。

最初,希腊的哲学家苏格拉底这样说:"美的东西,就是最适合于其用途及目的的东西。"他举房屋为实例,说最美丽的房屋,就是最合于用途,最适于住居的房屋。这的确是有理由的。房子的外观无论何等美丽,而内部不适于居人,决不能说是美的建筑。不仅房屋为然,用具及衣服等亦是如此。花瓶的样子无论何等巧妙,倘内部不能盛水插花,下部不能稳坐桌子上,终不能说是美的工艺品。高跟皮鞋的曲线无论何等玲珑,倘穿了走路要跌跤,终不能说是美的装束。

"美就是适于用途与目的。"苏格拉底这句话,在建筑及工艺上固然讲得通,但按到我们的梅花,就使人难解了。我们站在梅花前面,实际地感到梅花的美,但梅花有什么用途与目的呢? 梅花是天教它开的,不是人所制造的,天生出它来，或许有用途与目的，但人们不能知道，人们只能站在它前面而感到它的美。风景也是如此：西湖的风景很美，但我们决不会想起西湖的用途与目的。只有巨人可拿西湖来当镜子吧？

这样想来，苏格拉底的美学说是专指人造的实用物而说的。自然及艺术品的美，都不能用他的学说来说明。梅花与西湖都很美，而没有用途与目的；姜白石〔姜夔〕的《暗香》与《疏影》为咏梅的有名的词，但词有什么用途与目的？苏格拉底的话，很有缺陷呢！

苏格拉底的弟子柏拉图，也是思想很好的美学者。他想补足先生的缺陷，说"美是给我们快感的"。这话的确不错，我们站在梅花前面，看到梅花的名画，读到《暗香》、《疏影》，的确发生一种快感，在开篇处我早已说过了。

然而仔细一想，这话也未必尽然，有快感的东西不一定是美的。例如夏天吃冰淇淋，冬天捧热水袋，都有快感。然而吃冰淇淋与捧热水袋不能说是美的。肴馔入口时很有快感，然厨司不能说是美术家。罗马的享乐主义者们中，原有重视肴馔的人，说肴馔是比绘画音乐更美的艺术。但这是我们所不能首肯的话，或罗马的亡国奴的话。照柏拉图的话做去，我们将与罗马的亡国奴一样了。柏拉图自己蔑视肴馔，这样说来，绘画音乐雕刻等一切诉于感觉的美术，均不足取了（因为柏拉图是一个轻视肉体而贵重灵魂的哲学家，肴馔是养肉体的，所以被蔑视）。故柏拉图的学说，仍不免有很大的缺陷。

于是柏拉图的弟子亚理斯多德，再来修补先生的学说的缺陷。但他对于美没有议论，只有对于艺术的学说。他说"艺术贵乎逼真"。这也的确是卓见。诸位上图画课时，不是尽力在要求画得像么？小孩子看见梅花，画五个圈，我们看见了都赞道："画得很好。"因为很像梅花，所以很好，照亚理斯多德的话说来，艺术贵乎自然的模仿，凡肖似实物的都是美的。这叫做"自然模仿说"，在古来的艺术论中很有势力，到今日还不失为艺术论的中心。

然而仔细一想，这一说也不是健全的。倘艺术贵乎自然模仿，凡肖似实物的都是美的，那么，照相是最高的艺术，照相师是最伟大的美术家了。用照相照出来的景物，比用手画出来的景物逼真得多，则照相应该比绘画更贵了。然而照相终是照相，近来虽有进步的美术照相，但严格地说来，美术照相只能算是摄制的艺术，不能视为纯正的艺术。理由很长；简言之：因为照相中缺乏人的心的活动，故不能成为正格的艺术。画家所画的梅花，是舍弃梅花的不美的点，而仅取其美的点，又助长其美，而表现在纸上的。换言之，画中的梅花是理想化的梅花。画中可以行理想化，而照相中不能。模仿与理想化——此二者为艺术成立的最大条件。亚理斯多德的话，偏重了模仿而疏忽了理想化，所以也不是健全的学说。

以上所说，是古代最著名的三家的美学说。近代的思想家，对于美有什么新意见呢？德国有真善美合一说及美的独立说；二说正相反对。略述如下：

近代德国美学家包姆加敦〔鲍姆加登〕(Baumgarten, 1714—1762)说："圆满之物诉于我们的感觉的时候，我们感到美。"这句话道理很复杂了。所谓圆满，必定有种种的要素。例如梅花，仅乎五个圆圈，不能称为圆满。必有许多花，又有蕊，有枝，有干，或有盆。总之，不是单纯而是复杂的。但一味复杂而没有秩序，例如在纸上乱描了几百个圆圈，又不能称为圆满，不成为画。必须讲究布置，而有统一，方可称为圆满。故换言之，圆满就是"复杂的统一"。做人也是如此的：无论何等善良的人，倘过于率直或过于曲折，决不能有圆满的人格。必须有丰富的知识与感情，而又有统一的见解的人，方能具有圆满的人格。我们用意志来力求这圆满，就是"善"；用理知来认识这圆满，就是"真"；用感情来感到这圆满，就是"美"。故真、美、善，是同一物。不过或诉于意志，或诉于理知，或诉于感情而已。——这叫做真善美合一说。

反之，德国还有温克尔曼（Winckelmann，1717—1768）和雷迅〔莱辛〕（Lessing，1729—1781）两人，完全反对包姆加敦，说美是独立的。他们说："美与真善不同。美全是美，除美以外无他物。"

但近代美学上最重要的学说，是"客观说"与"主观说"的二反对说，前者说美在于（客观的）外物的梅花上，后者说美在于（主观的）看梅花的人的心中。这种问题的探究，很有趣味，现在略述之如下：

美的客观说，始创于英国。英国画家霍格斯〔贺加斯〕（Hogarth，1697—1764）说："物的形状，由种种线造成。线有直线与曲线。曲线比直线更美。"现今研究裸体画的人，有"曲线美"之说。这话便是霍格斯所倡用的。霍格斯说："曲线所成的物，一定美观。故美全在于事物中。"倘问他:"梅花为什么是美的?"他一定回答:"因为它有很好的曲线。"

美的客观说的提倡者很多。就中有的学者,曾指定美的具体的五条件,说法更为有趣。今略为伸说之:

第一,形状小的——美的事物,大抵其形状是小的。女人比男人,身体大概较小。故女人大概比男人为美。英语称女性为 fair sex 即"美性"。中国文学中描写美人多用小字,例如"娇小""生小",称女子为"小姐""小鬟",女子的名字也多用"小红""小苹"等。因为小的大都可爱。孩子们欢喜洋团团,大人们欢喜宝石、象牙细工,大半是因其小而可爱的原故。我们看了梅花觉得美,也半是为了梅花形小的原故。假如有像伞一般大的梅花,我们见了一定只觉得可惊,不感到美。我们看见婴孩,总觉得可爱,但假如婴孩同白象一样大,我们就觉得可怕了。

第二,表面光滑的——美的事物,大概表面光滑。这也可先用美人来证明。美人的第一要件是肌肤的光泽。故诗词中有"玉体""玉肌""玉女"等语。我们所以爱玉,爱宝,爱大理石,爱水晶,也是爱它们的光滑。爱云,爱雪,爱水,也是为了洁净无瑕的原故。化妆品——雪花膏、尘发油、蜜,大都是以使肤发光滑为目的的。

第三,轮廓为曲线的——这与霍格斯所说相同。曲线大概比直线为可爱。试拿一个圆的玩具和一个方的玩具同时给小孩子看,请他选择一件,他一定取圆的。人的颜面,直线多而棱角显然,不及曲线多而带圆味的好看。矗立的东洋建筑,上端加一圆的 dome〔圆屋顶〕,比平顶的好看得多。西湖的山多曲线,故优美。云与森林的美,大半在于其周围的曲线。美人的脸必由曲线组成。下端圆肥而膨大的所谓"瓜子脸",有丰满之感,上端膨大而下端尖削的"倒瓜子脸",有清秀之感。孩子的脸中倘有了直线,这孩子一定不可爱。

第四,纤弱的——纤弱与小相类似,可爱的东西,大概是弱的。例如鸟、白兔、猫,大都是弱小的。在人中,女子比男子弱,小孩比大人弱。弱了反而可爱。

第五,色彩明而柔的——色彩的明,换言之,就是白的,淡的。谚云"白色隐七难";故女子都欢喜擦粉。色的柔,就是明与暗的程度相差不可过多。由明渐渐地暗,或由暗渐渐地明,称为"柔的调子"。柔的调子大都是美的。物体受着过强的光,或过于接近光源,其明暗判然,即生刚调子。

刚调子不及柔调子的美观。窗上用窗帏,电灯泡用毛玻璃,便是欲减弱光的强度,使光匀和,在室中的人物上映成柔和的调子。女子不喜立在灯的近旁或太阳光中,便是欲避去刚调子。太阳下的女子罩着薄绢的彩伞,脸上的光线异常柔美。

我们倘问这班学者:"梅花为什么是美的?"他们一定回答:"梅花形小,瓣光泽,由曲线包成,纤弱,色又明柔,故美。"这叫做"美的客观说"。这的确有充实的理由。

反之,美的主观说,始倡于德国。康德(Kant,1724—1804)便是其大将。据康德的意见,美不在于物的性质,而在于自己的心的如何感受。这话也很有道理:人们都觉得自己的子女可爱,故有语云:"癞痢头儿子自己的好。"人们都觉得自己的恋人可爱,故有语云:"情人眼里出西施。"这种话中,含有很深的真理。法兰西的诗人波独雷尔〔波德莱尔〕(Bautdelaire)有一首诗,诗中描写自己死后,死骸上生出蛆虫来,其蛆虫非常美丽。可知心之所爱,蛆虫也会美起来。我们站在梅花前面,而感到梅花的美,并非梅花的美,正是因为我们怀着欣赏的心的原故。作《暗香》、《疏影》的姜白石站在梅花前面,其所见的美一定比我们更多。计算梅花有几个瓣与几个蕊的博物学者，对梅花全不感到其美。挑了盆梅而在街上求售的卖花人，只觉得重的担负。

感到美的时候，我们的心情如何？极简要地说来，即须舍弃理智的念头而仅用感情来迎受。美是要用感情来感到的。博物先生用了理智之念而对梅花，卖花人用了功利之念而对梅花，故均不能感到其美。故美的主观说，是不许人们想起物的用途与目的的。这与前述的苏格拉底的实用说恰好相反，但这当然是比希腊的时代更进步的思想。

康德这学说，名为"无关心说"（"disinterestedness"）。无关心，就是说美的创作或鉴赏的时候不可想起物的实用的方面，描盆景时不可专想吃苹果，看展览会时不可专想买画，而用欣赏与感叹的态度，把自己的心没入在对象中。

以上所述的客观说与主观说，是近代美学上最重要的二反对说。每说各有其根据。禅家有"幡动，心动"的话，即看见风吹幡动的时候，一人说是幡动，又一人说是心动。又有"钟鸣，撞木鸣"的话，即敲钟的时候，或可说钟在发音，或可说是撞木在发音。究竟是幡动抑心动？钟鸣抑撞木鸣？照我们的常识想来，两者不可分离，不能偏说一边，这是与"鸡生卵，卵生鸡"一样的难问题。应该说："幡与心共动,钟与撞木共鸣。"这就是德国的席勒尔〔席勒〕(Schiller,1759—1805)的"美的主观融合说"。

融合说的意见:梅花原是美的。但倘没有能领略这美的心,就不能感到其美。反之,颇有领略美感的心,而所对的不是梅花而是一堆鸟粪,也就不能感到美。故美不能仅用主观或仅用客观感得。二者同时共动,美感方始成立。这是最充分圆满的学说,世间赞同的人很多。席勒尔以后的德国学者,例如海格尔〔黑格尔〕(Hegel),叔本华(Schopenhauer),哈特曼(Hartmann)等,都是信从这融合说的。

以上把古来关于美的最著名的学说大约说过了。但这不过是美的外部的情状,不是美本身的滋味。美的滋味,在口上与笔上决不能说出,只得由各人自己去实地感受了。

十八〔1929〕年岁暮,《中学生》"美术讲话"

从梅花说到艺术*

"寻常一样窗前月，才有梅花便不同。"不同在于何处？我们只能感到而不能说出。但仅乎像吃糖一般地感到一下子甜，而无以记录站在窗前所切实地经验的这微妙的心情，我们总不甘心。于是就有聪明的人出来，煞费苦心地设法表现这般心情。这等人就是艺术家，他们所作的就是艺术。

对于窗前的梅花，在我们只能观赏一下，至多低徊感叹一下。但在宋朝的梅花画家杨无咎，处处是杰作的题材；在词人姜白石，可为《暗香》《疏影》的动机。我们看了梅花的横幅，读了《暗香》《疏影》，往往觉得比看到真的梅花更多微妙的感动，于此可见艺术的高贵！我有时会疏慢地走

----

* 本篇原载1930年2月《中学生》第2号。

过篱边,而曾不注意于篱角的老梅;有时虽注意了,而并无何等浓烈的感兴。但窗间的横幅,可在百忙之中牵惹我的眼睛,使我注意到梅的清姿。可见凡物一入画中便会美起来。梅兰竹菊,实物都极平常。试看:真的梅树不过是几条枯枝;真的兰叶不过是一种大草;真的竹叶散漫不足取;真的菊花与无名的野花也没有什么大差。经过了画家的表现,方才美化而为四君子。这不是横幅借光梅花的美,而是梅花借光横幅的美。梅花受世人的青眼,全靠画家的提拔。世间的庸人俗子,看见了梅兰竹菊都会啧啧称赏,其实他们何尝自能发现花卉的美!他们听见画家有四君子之作,因而另眼看待它们。另眼看待之后,自然对于它们特别注意;特别注意的结果,也会渐渐地发见其可爱了。

我自己便是一个实例。我幼年时候,看见父亲买兰花供在堂前,心中常是不解他的用意。在我看来,那不过是一种大草,种在盆里罢了,怎么值得供在堂前呢?后来年纪稍长,有一天偶然看见了兰的画图,觉得其浓淡肥瘦、交互错综的线条,十分美秀可爱,就恍然悟到了幼时在堂前见惯的"种在盆里的大草"。自此以后,我看见真的兰花,就另眼看待而特别注意,结果觉得的确不错,于是"盆里的大草"

就一变而为"王者之香"了,世间恐怕不乏我的同感者呢。

有人说:人们不是为了悲哀而哭泣,乃为了哭泣而悲哀的。在艺术上也有同样的情形,人们不是感到了自然的美而表现为绘画,乃表现了绘画而感到自然的美。换言之,绘画不是模仿自然,自然是模仿绘画的。

英国诗人王尔德(Wilde,1856—1900)有"人生模仿艺术"之说。从前的人,都以为艺术是模仿人生的。例如文学描写人生,绘画描写景物。但他却深进一层,说"人生模仿艺术"。小说可以变动世间的人的生活,图画可以变动世间的人的相貌。据论者所说,这是确然的事:卢骚〔卢梭〕(J.J.Rousseau,1712—1778)作了《哀米儿》〔《爱弥儿》〕(Emile),法国的妇人大家退出应接室与跳舞厅而回到育儿室中去。洛西谛〔罗赛蒂〕(D.G.Rossetti,1828—1882)画了神秘而凄艳的Beatrice〔比亚特丽丝〕(即意大利大诗人但丁的《神曲》中的女主人,是但丁的恋人)的像,英国的少女的颜貌一时都变成了Beatrice式。日本的竹久梦二画了大眼睛的女颜,日本现在的少女的眼睛都同银杏果一样。有一位善于趣话的朋友对我说:"倘使世间的画家大家都画没有头的人,不久世间的人将统统没有头了。"读者以为这是笑话么？其实并不是笑话。世间的画家决不会画没有头的人，所以人的头决不会没有。但"人生模仿艺术"之说，决不是夸张的。理由说来很长，不是这里所可猎涉。简言之，因为艺术家常是敏感的，常是时代的先驱者。世人所未曾做到的事，艺术家有先见之明。所以艺术家创造未来的世界，众人当然跟了他实行。艺术家创造未来的自然，自然也会因了培养的关系而跟了他变形。梅花经过了杨无咎与姜白石的描写，而渐渐地美化。今日的梅花，一定比宋朝以前的梅花美丽得多了。

闲话休提，我们再来欣赏梅花。在树上的是梅花的实物，在横幅中的是梅花的画，在文学中的是梅花的词。画与词都是艺术品。艺术品是因了材料而把美具体化的。材料不同，有的用纸，有的用言语，有的用大理石，有的用音，即成为绘画、文学、雕刻、音乐等艺术。无论哪一种艺术，都是借一种物质而表现，而诉于我们的感觉的。"美是诉于感觉"，是希腊的柏拉图的名论，在前篇中早已提及了。

但我们先看梅花的画，次读《暗香》、《疏影》的词，就觉得滋味完全不同。即绘画中的梅花与文学中的梅花，表现方法完全不同。绘画中描出梅花的形状，诉于我们的视觉,而在我们心中唤起一种美的感情。文学却不然:并没有梅花的形状,而只有一种话,使我们读了这话而在心中浮出梅花的姿态来。试读《暗香》:

> 旧时月色,算几番照我,梅边吹笛?唤起玉人,不管清寒与攀摘。何逊而今渐老,都忘却,春风词笔。但怪得、竹外疏花,香冷入瑶席。　江国,正寂寂。叹寄与路遥,夜雪初积。翠尊易泣,红萼无言耿相忆。长记曾携手处,千树压西湖寒碧。又片片吹尽也,几时见得?

"旧时月色,算几番照我?梅边吹笛"数句可使人脑中浮出一片月照梅花的景象,和许多梅花以外的背景(月、笛、我)。读到"竹外疏花,香冷入瑶席",恍然思起幽静别院的雅会。读到"千树压西湖寒碧",又梦见一片香雪成海的孤山的景色。再读《疏影》:

> 苔枝缀玉,有翠禽小小,枝上同宿。客里相逢,篱角黄昏,无言自倚修竹。昭君不惯胡沙远,但暗忆江南

江北。想佩环、月夜归来，化作此花幽独。　　犹记深宫旧事，那人正睡里，飞近蛾绿。莫似春风，不管盈盈，早与安排金屋。还教一片随波去，又却怨玉龙哀曲。等恁时、重觅幽香，已入小窗横幅。

"篱角黄昏，无言自倚修竹"，可使人想起岁寒三友图的一部。读到"已入小窗横幅"，方才活现地在眼前呈出一幅疏影矢娇的梅花图。然而我们在《暗香》、《疏影》中所见的梅花，都只是一种幻影，不是像看图地实际感觉到梅花的形与色的。在这里可以悟到文学与造型美术（绘画，雕刻等）的不同。绘画与雕刻确是诉于感觉的艺术，但文学并不诉于感觉。文学只是用一种符号（文字）来使我们想起梅花的印象。例如我们看见"梅"之一字，从"梅"这字的本身上并不能窥见梅花的姿态。只因为看见了"梅"字之后，我们就会想起这字所代表的那种花，因而脑中浮出关于这花的回忆来。倘用心理学上的专词来说，这是用"梅"的一种符号来使我们脑中浮出梅花的"表象"。所以文学中的梅花与绘画中的梅花全然不同，绘画是诉于"感觉"的，文学是诉于"表象"的。柏拉图的名论有些不对。但"表象"是"感觉"的影。故柏拉图的名论也可说是对的。

但诉于表象的文学，与专诉于感觉的其他的艺术（绘画、音乐、雕刻、建筑、舞蹈等），在性质上显然是大不相同。这可分别名之为"表象艺术"与"感觉艺术"。现在试略述这两种艺术的异点。

表象艺术所异于感觉艺术的，是其需要理知的要素。例如"梅花开"，是"梅花"的表象与"开"的表象的结合。必须用理智来想一想这两个表象的关系，方才能知道文学所表现的意味。且文学中不但要表象，又需概念与观念。例如说"梅"，所浮出的梅花的表象，必是从前在某处看见过的梅花。即从前的经验具象地浮出在脑际。这便是"表象"。但倘不说梅兰竹菊，而仅说一个"花"字，则脑中全然不能浮出一种具象的东西，只是一种漠然的，共通的抽象的花。这便是"概念"。又如不说梅或花，而说一抽象的"美"字，这便是"观念"。"旧时月色"的"旧时"，"不管清寒"的"清寒"，都是观念。"善恶"、"运命"、"幸福"、"和平"，……都是观念。观念决不能具象地浮出在我们的脑中，只能使我们作论理的"思考"。

至如表现人生观的文学作品，更非用敏锐的头脑来思考不可了。记得美国〔英国〕的文豪卡莱尔（Carlyle，1795—1881）说过，"我们要求思考的文学。"可知思考是文学艺术上的一种特色。

但在绘画上，就全然不同了。例如这里挂着一幅梅妻鹤子图。画中描一位林和靖先生，一只鹤和梅树。我们看这幅画时，虽然也要理智的活动，例如想起这是宋朝的处士林和靖先生，他是爱梅花和鹤的……但看画，仍以感觉为主。处士的风貌与梅鹤的样子，必诉于我们的眼。即绘画的本质，仍是诉于我们的感觉的。理智的活动，不过是暂时的，一部分的，表面的。决不像读到"只因误识林和靖，惹得诗人说到今"的诗句时的始终深入于理智的思考中。

所以看画的，要知道画的题材（意义），不是画的主体。画的主体乃在于形状、线条、色彩与气韵（形式）。换言之，画不是想的，是看的（想不过是画的附属部分）。文人往往欢喜《梅妻鹤子图》、《赤壁泛舟图》、《黛玉葬花图》；基督徒欢喜《圣母子图》、《基督升天图》，这都是欢喜画的附属物的题材（意义），而不是赏识画的本身的表现（形式），题材固然也有各人的嗜好，但表现的形式尤为主要，切不可忽视。

近世的西洋画，渐渐不重题材而注意画的表现形式（技术）了。印象派的画家，不选画题，一味讲究色彩的用法、光的表出法。寻常的野景、身边的器什，都可为印象派画家的杰作的题材。印象派大画家莫南〔莫奈〕（Monet，1840—1926）曾经把同一的稻草堆画了十五幅名画（朝、夕、晦、明，种种不同）。没有训练的眼，对着了十五幅稻草一定觉得索然无味。这显然是绘画的展进于专门的境域。至于印象派以后，这倾向更深。像未来派、立体派等绘画，画面全是形、色、线的合奏，连物件的形状都看不出了。

十八〔1929〕年岁暮，《中学生》"美术讲话"

美与同情*

有一个儿童，他走进我的房间里，便给我整理东西。他看见我的表面合覆在桌子上，给我翻转来。看见我的茶杯放在茶壶的环子后面，给我移到口子前面来。看见我床底下的鞋子一顺一倒，给我掉转来。看见我壁上的立幅的绳子拖出在前面，搬了凳子，给我藏到后面去。我谢他：

"哥儿，你这样勤勉地给我收拾！"

他回答我说：

"不是，因为我看了那种样子，心情很不安适。"是的，他曾说："表面合覆在桌子上，看它何等气闷！""茶杯躲在它母亲的背后，教它怎样吃奶奶？""鞋子一顺一倒，教它

---

* 本篇原载1930年1月《中学生》第1号。

们怎样谈话？""立幅的辫子拖在前面，像一个鸦片鬼。"我实在钦佩这哥儿的同情心的丰富。从此我也着实留意于东西的位置，体谅东西的安适了。它们的位置安适，我们看了心情也安适。于是我恍然悟到，这就是美的心境，就是文学的描写中所常用的看法，就是绘画的构图上所经营的问题。这都是同情心的发展。普通人的同情只能及于同类的人，或至多及于动物；但艺术家的同情非常深广，与天地造化之心同样深广，能普及于有情非有情的一切物类。

我次日到高中艺术科上课，就对她们作这样的一番讲话：

世间的物有各种方面，各人所见的方面不同。譬如一株树，有博物家，在园丁，在木匠，在画家，所见各人不同，博物家见其性状，园丁见其生息，木匠见其材料，画家见其姿态。

但画家所见的，与前三者又根本不同：前三者都有目的，都想起树的因果关系，画家只是欣赏目前的树的本身的姿态，而别无目的。所以画家所见的方面，是形式的方面，不是实用的方面。换言之，是美的世界，不是真善的世界。美的世界中的价值标准与真善的世界中全然不同。我们仅就事物的形状色彩姿态而欣赏，更不顾问其实用方面的价值了。

所以一枝枯木，一块怪石，在实用上全无价值，而在中国画家是很好的题材。无名的野花，在诗人的眼中异常美丽。故艺术家所见的世界，可说是一视同仁的世界，平等的世界。艺术家的心，对于世间一切事物都给以热诚的同情。

故普通世间的价值与阶级，入了画中便全部撤销了。画家把自己的心移入于儿童的天真的姿态中而描写儿童，又同样地把自己的心移入于乞丐的病苦的表情中而描写乞丐。画家的心，必常与所描写的对象相共鸣共感，共悲共喜，共泣共笑，倘不具备这种深广的同情心，而徒事手指的刻划，决不能成为真的画家。即使他能描画，所描的至多仅抵一幅照相。

画家须有这种深广的同情心，故同时又非有丰富而充实的精神力不可。倘其伟大不足与英雄相共鸣，便不能描写英雄，倘其柔婉不足与少女相共鸣，便不能描写少女。故大艺术家必是大人格者。

艺术家的同情心，不但及于同类的人物而已，又普遍地及于一切生物无生物，犬马花草，在美的世界中均是有灵魂而能泣能笑的活物了。诗人常常听见子规的啼血，秋虫的促织，看见桃花的笑东风，蝴蝶的送春归，用实用的头脑看来，这些都是诗人的疯话。其实我们倘能身入美的世界中，而推广其同情心，及于万物，就能切实地感到这些情景了。画家与诗人是同样的，不过画家注重其形色姿态的方面而已。没有体得龙马的泼力，不能画龙马，没有体得松柏的劲秀，不能画松柏。中国古来的画家都有这样的明训。西洋画何独不然？我们画家描一个花瓶，必其心移入于花瓶中，自己化作花瓶，体得花瓶的力，方能表现花瓶的精神。我们的心要能与朝阳的光芒一同放射，方能描写朝阳；能与海波的曲线一同跳舞，方能描写海波。这正是"物我一体"的境涯，万物皆备于艺术家的心中。

为了要有这点深广的同情心，故中国画家作画时先要焚香默坐，涵养精神，然后和墨伸纸，从事表现。其实西洋画家也需要这种修养，不过不曾明言这种形式而已。不但如此，普通的人，对于事物的形色姿态，多少必有一点共鸣共感的天性。房屋的布置装饰，器具的形状色彩，所以要求其美观者，就是为了要适应天性的缘故。眼前所见的都是美的形色，我们的心就与之共感而觉得快适；反之，眼前所见的都是丑恶的形色，我们的心也就与之共感而觉得不快。不过共感的程度有深浅高下不同而已。对于形色的世界全无共感的人，世间恐怕没有；有之，必是天资极陋的人，或理智的奴隶，那些真是所谓"无情"的人了。

在这里我们不得不赞美儿童了。因为儿童大都是最富于同情的，且其同情不但及于人类，又自然地及于猫犬，花草，鸟蝶，鱼虫，玩具等一切事物，他们认真地对猫犬说话，认真地和花接吻，认真地和人像〔玩偶，娃娃〕（doll）玩耍，其心比艺术家的心真切而自然得多！他们往往能注意大人们所不能注意的事，发见大人们所不能发见的点。所以儿童的本质是艺术的。换言之，即人类本来是艺术的，本来是富于同情的。只因长大起来受了世智的压迫，把这点心灵阻碍或销磨了。惟有聪明的人，能不屈不挠。外部即使饱受压迫，而内部仍旧保藏着这点可贵的心。这种人就是艺术家。

西洋艺术论者论艺术的心理，有"感情移入"之说。所谓感情移入，就是说我们对于美的自然或艺术品，能把自己的感情移入于其中，没入于其中，与之共鸣共感，这时候就经验到美的滋味。我们又可知这种自我没入的行为，在儿童的生活中为最多。他们往往把兴趣深深地没入在游戏中，而忘却自身的饥寒与疲劳。圣书中说：你们不像小孩子，便不得进入天国。小孩子真是人生的黄金时代！我们的黄金时代虽然已经过去，但我们可以因了艺术的修养而重新面见这幸福，仁爱，而和平的世界。

十八〔1929〕年九月廿八日为松江女中高中一年生讲述

深入民间的艺术 *

"艺术"这个名词，照目前的情状看，可有严格与泛格，或狭义与广义两种解释。严格地、狭义地说，艺术是人心所特有的一种美的感情的发现。而怎样叫做"美的感情"，解释起来更为费事。这是超越利害的，超越理智的，无关心的。深究起来，其一部分关联于哲学，又一部分接近于禅理。这是富有先天的少数人之间的事业，不能要求其普及于一切人。这种艺术之理只能与知音者谈，不足为不知者道。然而世间知音者很少，这种艺术的被理解范围也就很狭。事实证明着：例如中国历代大画家的作品，能够充分懂得的有几人欤？中国历代的画论，能够充分理解的有几人欤？不

---

* 本篇原载1936年4月10日《新中华》第4卷第7期。

必举这样高的例子，就是一般美术学生所习的那种水彩画、油画、铅笔画、木炭画，能够理解其好处的人，实在也很少。一般人都嫌它们画得太毛糙，画得不像，看见了摇头。你倘拿一幅印象派油画去展览在外国的所谓叫"俗众"之前，赞美的人一定极少。而这极少人之中，一定有部分是为了别的附带条件（例如看见它装个灿烂的金边，或者知道它是大名鼎鼎的人所描等）而盲从地赞美，又一部分人是为了要扮雅人而违心地赞美。富商的客堂里也挂几幅古画，吊几架油画。其实这些画对它们的主人大都是全不相识的。不仅绘画方面如此，别的艺术都同一情形。能欣赏高深的音乐，高深的文学的人，世间之大，有几人欤？不必举别的例，小小的一首进行曲，多数的中国人听了只觉得嘈杂。短短的一篇白话文，非知识阶级的人读了也不易理解作者的中心思想，常作种种误解或曲解。名为提倡大众文字的刊物，往往徒有其名，而实际仍为少数知识阶级交换意见之场。故严格的"艺术"，根本是少数天才者之间的通用物，根本不能普及于万众。人类智愚之不齐，原同体力之强弱一样。体力强的足以举百钧，体力弱的不能缚鸡，都与先天有关，不可勉强。智愚也是如此，智者不学而能，愚者学亦不能，也都与先天有关，不可勉强。后天的锻炼可以使弱者加强，后天的教育可以使愚者加智。然也不过"加"些而已。定要加到什么程度，难乎其难。况且"艺术"这件东西，在一切精神事业中为最高深的一种。要它普及于万众，是犹勉强一切人举百钧，显然是不合理又不可能的事体。这种艺术，我称它为严格的、狭义的。

泛格地、广义地说，艺术就是技巧的东西。中国某种古书中，曾把医卜星相、盆栽、着棋、茶道、酒道、幻术、戏法等统统归之于艺术。这"艺术"的定义显然与前者不同了。艺术家听见了这话，也许会气杀几个。他们都认定艺术是前述的一种，是神圣不可侵犯的事业；"人生短，艺术长"，艺术比人生还可贵。然而征之事实，真可使艺术家气杀：现今我国的民间，生来不曾听见过"艺术"这个名词的人恐不止一大半。把"艺术"照某种古书认识着的人恐不止一小半（这样算起来，懂得艺术家的所谓"艺术"的人不到一小半，但实际恐怕还没有）。只要听一般人谈"艺术""艺术"，就可测知其对艺术的认识了。他们看见了漂亮的东西就说"艺术的"，看见了时髦的东西也说"艺术的"，看见了希奇的东西又说"艺术的"，看见了摩登的东西更说"艺术的"。浅学无知的人以滥用"艺术"二字为时髦。商店广告以滥用"艺术"二字为新颖。在香艳的、爱情的、性欲的物品的广告上，常常冠着"艺术的"这个形容词。我还遇见一桩发笑的事：一位初面的青年绅士，看见我口上养着胡须，身上穿着旧衣，惊奇地说道："照你的样子，实在不像一位艺术家呢！"我没有话可以答他。但从他这句话里，明白地测知了他所见的"艺术"的意义。大概他看见我有许多关于艺术的著作，听见人们说我是艺术家，心目中以为我是何等"艺术的"人物。而他所谓"艺术的"，大概是漂亮、美貌、摩登之类的性状。因此看了我这般模样，觉得大失所望。我既不自命为艺术家，也不认定我这模样是"艺术的"，所以他这句话对我实在全无关系，只是向我表白了他自己对"艺术"的见解。这见解虽然可笑，但也不能说他完全错误。因为如上所述，在泛格的广义的意义上，漂亮、美貌、摩登也被视为"艺术"的性状；不过这"艺术"是此不是彼而已。故照目前实情观察，多数肤浅的人所称为"艺术""艺术"的，是指漂亮、时髦、希奇、摩登、美貌、新颖，甚至香艳、爱情、性欲的东西。总之，凡是足以惹他们的注意，悦他们的耳目感觉的，都被称为"艺术的"。这定义与前面所述的严格的艺术，相去甚远。不但少有共通的部分，有时竟然相反。譬如盲从流行，在严格的艺术的意义上看来是无独创性的，不美的，而在一般人就肯定它为艺术的。反之，文学绘画上的高深的杰作，在一般人就看不懂，不相信它是艺术。故现代盛倡"大众艺术"，倘使要实行的话，只有两条路可走：不是提高大众的理解力，除非降低艺术的程度。要提高大众的艺术理解力，倘从单方面着手，如前所喻，犹之勉强一切人举百钧，显然是不可能之事。要降低艺术的程度，倘也从单方面下手，势必使艺术成为上述的那种浅薄的东西，也不是关心文化的人所愿意的。唱折衷说者曰：从双方着手，大众的理解力相当地提高些，同时艺术的程度也相当地降低些，互相将就，庶几产生普遍人群的大众艺术。这话在理论上是很可听的。但在事实上如何提高，如何降低，实在是一大问题。而关于这问题的具体的讨论，也难得听见。所听得见的，只是"大众艺术""大众艺术"的呼声甚嚣尘上而已。

我现在也不能在这里作具体的讨论。因为我自己的艺术趣味，是倾向严格的一种的；而对于一般群众少有接近的机会，所见的不过表面的情形，未能深解群众的心理。纸上谈兵，无补于事实。故关于这问题的具体讨论，应让理解艺术而又理解群众的人。我现在所要谈的，只是从表面观察，讨论现在的民众所能理解的是甚样的一种艺术，现在的民众所最接近的是哪几种艺术，以供提倡民众艺术者的参考而已。

第一，现在的民众所能理解的是甚样的一种艺术？可用比喻说起：高深纯正的艺术，好比是食物中的米麦。这里面有丰富的滋养料，又有深长的美味。然而多数的人，难能感得这种深长的美味。他们所认为美味的，是河豚。河豚的美味浅显而剧烈，腥臭而异样，正好像现在一般人所认为美的"艺术"。这种美味含有危险性，于人生是无益而有害的。然而它有一种强大的引诱力，能使多数人异口同声地赞它味美。倘要劝他们舍去这种美味而细辨米麦中的深长的滋味，是不可能的。奖励他们多吃这种美味，又是不应该的。于是想出补救的办法来，从米麦中提取精华，制成一种味精。把味精和入别的各种食物里，使各种食物都增加美味。这样，求美味者不必一定要找河豚，各种有益的食物都可借此美味之引导而容易下咽了。在目前，易受大众理解的艺术，就好比这种味精。在各种生活中加些从纯正的美中摄取出来的美的原素,生活就利于展进了。有一个值得告诉群众的思想,必须加了美的形式(言词),然后可成为文学作品,使群众乐于阅读。有一种值得教群众看的现象,必须加了美的形式(形状色彩),然后可成为美术作品,使群众乐于鉴赏。群众所要求的美,不是纯粹的美,而是美的加味。群众所能接受的,不是纯文学,纯美术,而是含有实用性质的艺术。陶情适性的美文,大家不易看懂;应用这种美文的技法来写一篇宣传人道的小说,大家就乐于阅读。笔情墨趣的竹石画,大家也不易看出它的好处;应用这种绘画技法的原理来作一幅提倡爱国的传单画(poster),大家也就易于注目。总之,现在所谓群众的艺术,极少有独立的艺术品,而大多数是利用艺术为别种目的的手段,即以艺术为加味的。民间并非绝对不容独立艺术品的存在。但在物质生活不安定的环境里,独立的艺术品没有其存在的余地,是彰明的事实。语云:"衣食足然后知礼义。"现在不妨把这句话改换两字,说:"衣食足然后知艺术。"独立的艺术,在根本上含有富贵性质,太平气象,是幸福的象征。根本不是衣食不足的不幸的环境中所能存在的。衣食不足的环境中倘使要有艺术,只能有当作别种目的的手段的艺术,当作别物的加味的艺术。现在的民众所能理解的，也只有这种艺术。

其次，民众所最接近的是哪几种艺术？据我观察，最深入民间的只有两种艺术，一是新年里到处市镇上贩卖着的"花纸儿"，一是春间到处乡村开演着的"戏文"。一切艺术之中，没有比这两种风行得更普遍了。所谓"花纸儿"，原是一种复制的绘画，大小近乎半张报纸，用五彩印刷，鲜艳夺目。其内容，老式的有三百六十行，马浪荡，二十四孝，十希奇，以及各种戏文的某一幕的光景等。新出的有淞沪战争、新生活运动等。卖价甚廉，每张不过数铜元。每逢阴历新年，无论哪个穷乡僻壤，总有这种花纸儿伴着了脸具、大刀等玩具而陈列在杂货店里或耍货摊上。无论哪个农工人家，只要过年不挨冻饿，年初一出街总要买一二张回去，贴在壁上，作为新年的装饰。在黄泥、枯草、茅檐、败壁、褐衣、黄脸的环境中，这几张五彩鲜艳夺目的花纸儿真可使蓬荜生辉，喜气盈门呢！他们郑重其事地把这几张花纸儿贴在壁上欣赏，老幼人人，笑口皆开。又不止看了一新年就罢。这样贴着，一直要看到一年。每逢休日，工毕，或饭余酒后，几个老者会对着某张花纸儿手指口讲，把其中的故事讲给少年们听，叙述中还夹着议论，借此表示他的人生观。每逢新年，壁上新添一两张花纸儿，家庭的闲说中新添一两种题材。这些花纸儿一年四季贴在壁上，其形象、色彩、意义，在农家的人的脑际打着极深的印象。农家子的教育、修养、娱乐的工具，都包括在这几张花纸儿里头了。其次，戏文也是最深入民间的一种艺术。无论哪一处小村落的人民，都有看戏文的机会。他们的戏文当然不及都会里的戏馆里所演的讲究，大都很草率：戏台附在庙里；或者临时借了木头和板，在空场上搭起来。看客没得坐位，大家站在台前草地上观看。即使有几个坐位，是自己家里带来的凳子，用碎砖头填平了脚而摆在草地上的。他们的戏班子远不及都会的戏馆里的那么出色，称为"江湖班"，大都是一队演员坐了一只船，摇来摇去，在各码头各乡村兜揽生意的。他们的行头远不及都会的戏馆里那么讲究，大都是几件旧衣，几幅旧背景，甚或没有背景。他们的演员远不及都会的戏馆里那么漂亮，都颜色憔悴，面目可憎。假如你搭在台边上"看吊台戏"，可以看见花旦的嘴上长着一两分长的胡须呢。然而乡下人对于这样的戏文很满足了。一年之中，难得开演几回。像我们乡下，每年只有新年和清明两时节有开演的机会。倘遇荒年，新年和清明也得寂寞地送过。每次开演，看客不止一村，邻近二三十里内的人大家来看。老人女人坐了船来看，少年人跑来看，"看戏文去！""看戏文去！"他们的兴趣很高，真是"千日辛勤一日欢"！他们的态度很堂皇，大家认为这是正当的娱乐。在他们的心目中，似乎戏文是世间应有的东西，而人生必须看戏文。故乡间即使有极顽固的老人，也从来不反对戏文为赘余；即使有极勤俭的好人，也从来不反对戏文为奢侈。不，村中若有不要看戏文的人，将反被老人视为顽固，反被好人视为暴弃呢。戏文的深入民间，于此可知。

故花纸儿与戏文，是我们民间最普遍流行的两种艺术。一切艺术之中，无如此两者之深入民间的了。都会里有戏馆，有公园，有影戏场，有博物馆，有教育馆，有讲演会，有展览会，有音乐会，有博览会，有收音机，还有种种出版物；但这些建设都只限于都会里的少数人享用，小市镇里的人就难得享受，农村里的人完全享受不到。中国之大，农村占有大半，小市镇占有小半，都市只有数的几个。故都市里的种种艺术建设，仅为极小部分人的福利，与极大多数人没有关系。都市里出版物里热心地讨论民众艺术（本文亦是其一），亦只是都会里的少数人的闭门造车，与多数的民众全然没有关系，他们也全然没有得知。他们所关系的，所得知的艺术，仍还是历代传沿下来的花纸儿和戏文两种。关心文化的人，注意农村教育的人，热诚地在那里希望把文化灌输到农村去。但是，各种的阻碍挡住在前，他们的希望何时可以实行，遥遥无期。倘能因势利导，借这两种现成的民间艺术为宣传文化的进路，把目前中国民众所应有的精神由此灌输进去，或者能收速效亦未可知。例如：改革旧有的花纸儿的内容题材，删除了马浪荡、十希奇之类的无聊的东西，易以灌输时事知识，鼓励民族精神的题材。检点旧有的戏文，删除或修改《火烧红莲寺》《狸猫换太子》等神怪荒唐的东西，奖励或新编含有教化性质的戏剧。倘能实行，一张花纸儿或一出戏文的效果，可比一册出版物伟大得多呢。

惯于欣赏纯正艺术的人看见农民们爱看花纸儿，以为他们的欢乐，在于欣赏"花纸儿"这种绘画。其实完全不然，他们何尝是在欣赏绘画的形状、线条、色彩的美味？他们所欣赏的主要物是花纸儿所表出的内容意味，——忠、孝、节、义等情节。花纸儿的灿烂的形象和色彩，只是使这种情节容易被欣赏的一种助力，换言之，即一种美的加味而已。

农民哪里有鉴赏纯正美术的眼光？他们的欢喜看花纸儿，不过因为那种形象色彩牵惹他们的眼睛，使他们的视觉发生快感，因而被骗地理解了花纸儿的故事内容。同理，他们的爱看戏文，其趣味的中心也不在于戏文的形式，而在于戏文的内容。这只要听他们看戏后的谈论就可明白。大团圆的戏剧最能大快人心，是他们所感兴味最浓的题材。忠、孝、节、义的葛藤，也是传统思想极牢固的农民们所最关心的题材。怪力乱神以及迷信的故事，又是无知的农民们所爱谈的话儿。他们不看旧小说，也不看戏考，但他们都懂得戏情。他们的戏剧知识都是由老者讲给少者听，历代传授下来的，夏日，冬夜，岁时伏腊的时节，农家闲话的题材，大部分是戏情。虽三尺童子，也会知道《天水关》是诸葛亮收姜维，《文昭关》是伍子胥过昭关。倘使戏剧没有了内容故事，只是唱工与做工，像现在都会里的舞蹈一般，我想农民们兴味一定大减。由此可知戏剧的唱工、做工与行头，在农民们看来只是一种附饰，即前面所说的美的加味。可知现在的民间，尚不能有惟美的纯艺术的存在。民间所能存在的艺术，只是以美为别目的的手段的一种艺术，即以美为加味的一种艺术。在这种艺术中，美虽然是一种附饰，一种手段，一种加味，但其效用很大。设想除去了这种加味，花纸儿缺了绘画的表现，戏文缺了唱工做工的表现，就都变成枯燥的故事，不足以惹起人们的注意与兴味了。

故深入民间的艺术，不是严格的，是泛格的；不是狭义的，是广义的；不是纯正的，是附饰的；不是超然的，是带实用性的。灌输知识，宣传教化，改良生活，鼓励民族精神，皆可利用艺术为推进的助力。

廿五〔1936〕年三月二十六日作

图画与人生[*]

我今天所要讲的，是"图画与人生"。就是图画对人有什么用处？就是做人为什么要描图画，就是图画同人生有什么关系？

这问题其实很容易解说：图画是给人看看的。人为了要看看，所以描图画。图画同人生的关系，就只是"看看"。

"看看"，好像是很不重要的一件事，其实同衣食住行四大事一样重要。这不是我在这里说大话，你只要问你自己的眼睛，便知道。眼睛这件东西，实在很奇怪：看来好像不要吃饭，不要穿衣，不要住房子，不要乘火车，其实对于衣食住行四大事，他都有份，都要干涉。人皆以为嘴巴要吃，

[*] 本篇原载1936年10月《中学生》第68号。

身体要穿，人生为衣食而奔走，其实眼睛也要吃，也要穿，还有种种要求，比嘴巴和身体更难服侍呢。

所以要讲图画同人生的关系，先要知道眼睛的脾气。我们可拿眼睛来同嘴巴比较：眼睛和嘴巴，有相同的地方，有相异的地方，又有相关联的地方：

相同的地方在哪里呢？我们用嘴巴吃食物，可以营养肉体；我们用眼睛看美景，可以营养精神。——营养这一点是相同的。譬如看见一片美丽的风景，心里觉得愉快；看见一张美丽的图画，心里觉得欢喜。这都是营养精神的。所以我们可以说：嘴巴是肉体的嘴巴，眼睛是精神的嘴巴——二者同是吸收养料的器官。

相异的地方在哪里呢？嘴巴的辨别滋味，不必练习。无论哪一个人，只要是生嘴巴的，都能知道滋味的好坏，不必请先生教。所以学校里没有"吃东西"这一项科目。反之，眼睛的辨别美丑，即眼睛的美术鉴赏力，必须经过练习，方才能够进步。所以学校里要特设"图画"这一项科目，用以训练学生的眼睛。眼睛和嘴巴的相异，就在要练习和不要练习这一点上。譬如现在有一桌好菜蔬，都是山珍海味，请一位大艺术家和一位小学生同吃。他们一样地晓得好吃。

反之，倘看一幅名画，请大艺术家看，他能完全懂得它的好处。请小学生看，就不能完全懂得，或者莫名其妙。可见嘴巴不要练习，而眼睛必须练习。所以嘴巴的味觉，称为"下等感觉"；眼睛的视觉，称为"高等感觉"。

相关联的地方在哪里呢？原来我们吃东西，不仅用嘴巴，同时又兼用眼睛。所以烧一碗菜，油盐酱醋要配得好吃，同时这碗菜的样子也要装得好看。倘使乱七八糟地装一下，即使滋味没有变，但是我们看了心中不快，吃起来滋味也就差一点。反转来说，食物的滋味并不很好，倘使装潢得好看，我们见了，心中先起快感，吃起来滋味也就好一点。学校里的厨房司务很懂得这个道理。他们做饭菜要偷工减料，常把形式装得很好看。风吹得动的几片肉，盖在白菜面上，排成图案形。两三个铜板一斤的萝卜，切成几何形体，装在高脚碗里，看去好像一盘金刚石。学生走到饭厅，先用眼睛来吃，觉得很好。随后用嘴巴来吃，也就觉得还好。倘使厨房司务不懂得装菜的方法，各地的学校恐怕天天要闹一次饭厅呢。外国人尤其精通这个方法。洋式的糖果，作种种形式，又用五色纸、金银纸来包裹。拿这种糖请盲子吃，味道一定很平常。但请亮子吃，味道就好得多。因为眼睛相帮嘴巴在那里吃，故形式好看的，滋味也就觉得好吃些。

眼睛不但和嘴巴相关联，又和其他一切感觉相关联。譬如衣服，原来是为了使身体温暖而穿的，但同时又求其质料和形式的美观。譬如房子，原来是为了遮蔽风雨而造的，但同时又求其建筑和布置的美观。可知人生不但用眼睛吃东西，又用眼睛穿衣服，用眼睛住房子。古人说："人之所以异于禽兽者，几希。"我想，这"几希"恐怕就在眼睛里头。

人因为有这样的一双眼睛，所以人的一切生活，实用之外又必讲求趣味。一切东西，好用之外又求其好看。一匣自来火，一只螺旋钉，也在好用之外力求其好看。这是人类的特性。人类在很早的时代就具有这个特性。在上古，穴居野处，茹毛饮血的时代，人们早已懂得装饰。他们在山洞的壁上描写野兽的模样，在打猎用的石刀的柄上雕刻图案的花纹，又在自己的身体上施以种种装饰，表示他们要好看，这种心理和行为发达起来，进步起来，就成为"美术"。故美术是为了眼睛的要求而产生的一种文化。故人生的衣食住行，从表面看来好像和眼睛都没有关系，其实件件都同眼睛有关。越是文明进步的人，眼睛的要求越是大。人人都说"面包问题"是人生的大事。其实人生不单要吃，又要看；不单为嘴巴，又为眼睛；不单靠面包，又靠美术。面包是肉体的食粮，美术是精神的食粮。没有了面包，人的肉体要死。没有了美术，人的精神也要死——人就同禽兽一样。

上面所说的，总而言之，人为了有眼睛，故必须有美术。现在我要继续告诉你们：一切美术，以图画为本位，所以人人应该学习图画。原来美术共有四种，即建筑、雕塑、图画、和工艺。建筑就是造房子之类，雕塑就是塑铜像之类，图画不必说明，工艺就是制造什用器具之类。这四种美术，可用两种方法来给它们分类。第一种，依照美术的形式而分类，则建筑、雕刻、工艺，在立体上表现的叫做"立体美术"。图画，在平面上表现的，叫做"平面美术"。第二种，依照美术的用途而分类，则建筑、雕塑、工艺，大多数除了看看之外又有实用（譬如住宅供人居住，铜像供人瞻拜，茶壶供人泡茶）的，叫做"实用美术"。图画，大多数只给人看看，别无实用的，叫做"欣赏美术"。这样看来，图画是平面美术，又是欣赏美术。为什么这是一切美术的本位呢？其理由有二：

第一，因为图画能在平面上作立体的表现，故兼有平面与立体的效果。这是很明显的事，平面的画纸上描一只桌子，望去四只脚有远近。描一条走廊，望去有好几丈长。描一条铁路，望去有好几里远。因为图画有两种方法，能在平面上假装出立体来，其方法叫做"远近法"和"阴影法"。用了远近法，一寸长的线可以看成好几里路。用了阴影法，平面的可以看成凌空。故图画虽是平面的表现，却包括立体的研究。所以学建筑，学雕塑的人，必须先从学图画入手。美术学校里的建筑科，雕塑科，第一年的课程仍是图画，以后亦常常用图画为辅助。反之，学图画的人就不必兼学建筑或雕塑。

第二，因为图画的欣赏可以应用在实生活上，故图画兼有欣赏与实用的效果。譬如画一只苹果，一朵花，这些画本身原只能看看，毫无实用。但研究了苹果的色彩，可以应用在装饰图案上，研究了花瓣的线条，可以应用在瓷器的形式上。所以欣赏不是无用的娱乐，乃是间接的实用。所以学校里的图画科，尽管画苹果、香蕉、花瓶、茶壶等没有用处的画。由此所得的眼睛的练习，便已受用无穷。

因了这两个理由 —— 图画在平面中包括立体，在欣赏中包括实用 —— 所以图画是一切美术的本位。我们要有美术的修养，只要练习图画就是。但如何练习，倒是一件重要的事，要请大家注意：上面说过，图画兼有欣赏与实用两种效果。欣赏是美的，实用是真的，故图画练习必须兼顾"真"和"美"这两个条件。具体地说：譬如描一瓶花，要仔细观察花、叶、瓶的形状、大小、方向、色彩，不使描错。这是"真"的方面的功夫。同时又须巧妙地配合，巧妙地布置，使它妥帖。这是"美"的方面的功夫。换句话说，我们要把这瓶花描得像真物一样，同时又要描得美观。再换一句话说，我们要模仿花、叶、瓶的形状色彩，同时又要创造这幅画的构图。总而言之，图画要兼重描写和配置，肖似和美观，模仿和创作，即兼有真和美。偏废一方面的，就不是正当的练习法。

在中国，图画观念错误的人很多。其错误就由于上述的真和美的偏废而来，故有两种。第一种偏废美的，把图画看作照相，以为描画的目的但求描得细致，描得像真的东西一样。称赞一幅画好，就说"描得很像"。批评一幅画坏，就说"描得不像"。这就是求真而不求美，但顾实用而不顾欣赏，是错误的。图画并非不要描得像，但像之外又要它美。没有美而只有像，顶多只抵得一张照相。现在照相机很便宜，三五块钱也可以买一只。我们又何苦费许多宝贵的钟头来把自己的头脑造成一架只值三五块钱的照相机呢？这是偏废了美的错误。

第二种，偏废真的，把图画看作"琴棋书画"的画。以为"画画儿"，是一种娱乐，是一种游戏，是消遣的。于是上图画课的时候，不肯出力，只想享乐。形状还描不正确，就要讲画意。颜料还不会调，就想制作品。这都是把图画看作"琴棋书画"的画的原故。原来弹琴、写字、描画，都是高深的艺术。不知哪一个古人，把"着棋"这种玩意儿凑在里头，于是琴、书、画三者都带了娱乐的、游戏的、消遣的性质，降低了它们的地位，这实在是亵渎艺术！"着棋"这一件事，原也很难；但其效用也不过像叉麻雀，消磨光阴，排遣无聊而已，不能同音乐、绘画、书法排在一起。倘使着棋可算是艺术，叉麻雀也变成艺术，学校里不妨添设一科"麻雀"了。但我国有许多人，的确把音乐、图画看成与麻雀相近的东西。这正是"琴棋书画"四个字的流弊。现代的青年，非改正这观念不可。

图画为什么和着棋、叉麻雀不同呢？就是为了图画有一种精神——图画的精神，可以陶冶我们的心。这就是拿描图画一样的真又美的精神来应用在人的生活上。怎样应用呢？我们可拿数学来作比方：数学的四则问题中，有龟鹤问题：龟鹤同住在一个笼里，一共几个头，几只脚，求龟鹤各几只？又有年龄问题：几年前父年为子年之几倍，几年后父年为子年之几倍？这种问题中所讲的事实，在人生中难得逢到。有谁高兴真个把乌龟同鹤关在一只笼子里，教人猜呢？又谁有真个要算父年为子年的几倍呢？这原不过是要借这种奇奇怪怪的问题来训练人的头脑，使头脑精密起来。然后拿这精密的头脑来应用在人的一切生活上。我们又可拿体育来比方，体育中有跳高、跳远、掷铁球、掷铁饼等武艺。这在我们的日常生活中也很少用处。有谁常要跳高、跳远，有谁常要掷铁球铁饼呢？这原不过是要借这种武艺来训练人的体格，使体格强健起来。然后拿这强健的体格去做人生一切的事业。图画就同数学和体育一样。人生不一定要画苹果、香蕉、花瓶、茶壶。原不过要借这种研究来训练人的眼睛，使眼睛正确而又敏感，真而又美。然后拿这真和美来应用在人的物质生活上，使衣食住行都美化起来；应用在人的精神生活上，使人生的趣味丰富起来。这就是所谓"艺术的陶冶"。

图画原不过是"看看"的。但因为眼睛是精神的嘴巴，美术是精神的粮食，图画是美术的本位，故"看看"这件事在人生竟有了这般重大的意义。今天在收音机旁听我讲演的人，一定大家是有一双眼睛的，请各自体验一下，看我的话有没有说错。

廿五〔1936〕年九月十二日下午四时半至五时，
中央广播电台播音演讲稿

写生世界（上）

尝过了中年的辛味而回想青年时代的生活，真是诗趣丰富的啊！我的青年时代回想中，写生的生活特别可憧憬。那时我能把全心没入在写生的世界中。现在虽也有时梦到这世界，但远不像昔日那样深入了。

记得我热中于写生画的青年时代，对于自然界的静物，风景，人物，都作别开生面的看法。我独自优游于这新世界中。

我到水果店里去选购静物写生用的模特儿，卖水果的人代我选出一件来，忠告我："这一种'有吃没看相'，价钱便宜，味道又好。"但我偏要选那带叶的橘子。他告诉我："那是不熟的，味道不好，价钱倒贵！"我在心中窃笑：你哪能知道我的选择的标准呢？我叫工人去买些野菜来写生，他拖了一捆肥胖而外叶枯焦的黄矮菜来。我嫌他买得不好，他反抗："这种菜再肥嫩没有了。"我太息了：唉！你懂什么！我自己去买吧！我选了两株苍老而瘦长的白菜来，他笑我："这种菜最没吃头了！这是没人要买的！"我想为他解说这菜的形状色彩的美，既而作罢。我以为没人知道美，所以没人要买这菜。不管旁人讪笑，我就去为我这美丽的白菜写照了。

我走进瓷器店，在柜角底下发现了一口灰尘堆积的瓦瓶，样子怪入画的，颜色怪调和的，好似得了宝贝，特捧着问价钱，好像防别人抢买去似的。店员告诉我："勿瞒你说，这瓶是漏的，所以搁着。你要花瓶买这起好。"他在架上拿了一口金边而描着人物细花的瓷瓶递给我，一面伸手来接取我手中的漏花瓶。我一瞧那瓷瓶连忙摇头："我不要那种。漏不要紧的！"满堂的店员都把眼注视我，表示惊怪的样子。我知道他们都在当我疯子看了。但我的确发见这漏瓶的美的价值，有恃无恐，这班无知商人管他们做什么！我终于买了那漏瓦瓶回家。放在窗下写了一幅。添几个橘子又写了一幅。衬了深红色的背景布，又写了更得意的一幅。

隔壁豆腐店里做喜事，借我们的屋子摆酒筵。茶担上发来的碗筷中，有一种描蓝花的直口的酒碗，牵惹了我的注意。这种碗形状朴素，花纹古雅，好一个静物模特儿。我问茶担上的人这种碗哪里买的，他回答我，这是从前的东西，现在没处买了。我想，对不起，吃过酒让我偷一只吧。但动了这念头有些儿贼胆心虚；我终于托豆腐店里的人向茶担转买一只给我。豆腐店里人笑道："这种是江北碗；最粗糙，最便宜的东西！你要，拿几只去，我们算账时多给他几个铜子好了。"我的书架上又多了一件宝贝。

我的书架上陈列了许多静物模特儿。有瓶，有甏，有碗，有盆，有盘，有钵，有玩具，有花草，在别人看来大都不值一文，在我看来个个有灵魂似的。我时时拿它们出来经营布置。左眺右望，远观近察。别人笑我，真是"时人不识予心乐"啊！

廿一〔1932〕年冬为开明函授学校《学员俱乐部》作

写生世界(下)

去年冬天我曾在这《俱乐部》中描写过我幼时所漫游的写生世界的光景。那时因为自来水笔尖冻冰,只写了静物一段就中止。现在《俱乐部》又催稿了。我凝视着我的笔尖探索去冬的感想,那墨水结成的小冰块隐约在目;而举头眺望窗际,不复是雨雪霏霏的冬景,已变成明媚鲜妍的春光了。心头闪过一阵无名的感动,这种感动和艺术的心似有同源共流的关系。我就来继续描写我青年时代的艺术的心吧。

说出来真是不恭之至:我小时在写生世界中,把人不当作人看,而当作静物或景物看。似觉这世间只有我一个是人。除了我一个人之外,眼前森罗万象一切都是供我研究的写生模型。我把我的先生,我的长辈,我的朋友,看作与花瓶,茶壶,罐头同类的东西。我的师友戚族听到这句话或将骂我无礼,我的读者看到这句话或将讥我傲慢,其实非也:这是我在写生世界里的看法。写生世界犹似梦境,梦中杀人也无罪。况且我曾把书架上的花瓶,茶壶,罐头等静物恭敬地当作人看(见上篇),现在不过是调换一个地位罢了。

我在学校里热心地描写石膏头像的木炭画,半年后归家,看见母亲觉得异样了。母亲对我说话时,我把母亲的脸孔当作石膏头像看,只管在那里研究它的形态及画法。我虽在母亲的怀里长大起来,但到这一天方才知道我的母亲的脸孔原来是这样构成的!她的两眼的上面描着整齐而有力的复线,她的鼻尖向下钩,她的下颚向前突出。我惊讶我母亲的相貌类似德国乐剧家华葛内尔〔瓦格纳〕(Wagner)的头像(这印象很深,直到现在,我在音乐书里看见华葛内尔的照片便立刻联想到我的已故的母亲)!我正在观察的时候,蓦地听见母亲提高了声音诘问:"你放在什么地方的?你放在什么地方的?失掉了么?"

母亲在催我答复。但我以前没有听到她的话,茫然不知所对,支吾地问:"什么东西放在什么地方的?"

母亲惊奇地凝视我,眼光里似乎在说:"你这回读书回家，怎么耳朵聋了？"原来我当作华葛内尔头像而出神地观察她的脸孔的时候，她正在向我叙述前回怎样把零用钱五元和新鞋子一双托便人带送给我；那便人又为了什么原故而缓日动身，以致收到较迟；最后又诘问我换下来的旧鞋子放在什么地方的。我对于她的叙述听而不闻，因为我正在出神地观察，心不在焉。

我读 Figure Drawing〔《人体描法》〕（这是一册专讲人体各部形状描法的英文书），读到普通人的眼睛都生在头长的二等分处一原则，最初不相信，以为眼总是生在头的上半部的。后来用铅笔向人头实际测量，果然从头顶至眼之长等于从眼至下颚之长，我非常感佩！才知道从前看人头时的错觉所欺骗，眼力全不正确。错觉云者：我一向看人头时，以为眼的上面只有眉一物；而眼的下面有鼻和口二物，眉只是狭狭的二条黑线，不占地位，又没有什么作用。鼻又长又突出，会出鼻涕，又会出烟气。口构造复杂，会吃东西，又会说话，作用更大。这样，眼的上面非常寂寥，而下面非常热闹，便使我错认眼是生在头的上部的。实则眼都位在头的正中。发育未完的儿童，甚至位在下部三分之一处。我知道了这原则，欢喜之极！从此时时留意，看见了人头便目测其中的眼的位置,果然百试不爽。有一次我搭了西湖上的小船到岳坟去写生。搭船费每人只要三个铜板。搭客众多,船行迟迟。我看厌了西湖的山水,再把视线收回来看船里的搭客。我看见各种各样的活的石膏模型,摇摇摆摆地陈列在船中。我向对座的几个头像举行目测,忽然发见其中有一个老人相貌异常,眼睛生得很高。据我目测的结果,他的眼睛决不在于正中,至少眼睛下面的部分是头的全长的五分之三。Figure Drawing 中曾举种种不合普通原则的特例,我想我现在又发见了一个。但我仅凭目测,不敢确信这老人是特例。我便错认这船为图画教室,向制服袋里抽出一支铅笔来,用指扣住笔杆,举起手来向那老人的头部实行测量了。船舱狭小,我和老人之间的距离不过三四尺,我对着他擎起铅笔,他以为我是拾得了他所遗落的东西而送还他,脸上便表出笑颜而伸手来接。这才使我觉悟我所测量的不是石膏模型。我正在惭悚不知所云的时候,那老人笑着对我说:

"这不是我的东西,嘿嘿!"

我便顺水推船,收回了持铅笔的手。但觉得不好把铅笔藏进袋里去,又不好索性牺牲一支铅笔而持向搭船的大众招领，因为和我并坐着的人是见我从自己袋里抽出这支铅笔来的。我心中又起一阵惭悚，觉得自己的脸上发热了。

这种惭悚终于并不白费。后来我又在人体画法的书上读到：老人因为头发减薄，下颚筋肉松懈，故眼的位置不在正中而稍偏上部。我便在札记簿上记录了一条颜面画法的完全的原则：

"普通中年人的眼位在头的正中，幼儿的眼，位在下部，老人的眼稍偏上部。"

但这种惭悚不能阻止我的非人情的行为。有一次我在一个火车站上等火车，车子尽管不来，月台上的长椅子已被人坐满，我倚在柱上闲看景物。对面来了一个卖花生米的江北人。他的脸孔的形态强烈地牵惹了我的注意，那月台立刻变成了我的图画教室。

我只见眼前的雕像脸孔非常狭长，皱纹非常繁多。哪一条线是他的眼睛，竟不大找寻得出。我曾在某书上看到过"舊字面孔"一段话，说有一个人的脸孔像一个"舊"字。这回我所看见的，正是舊字面孔的实例了。我目测这脸孔的长方形的两边的长短的比例，估定它是三与一之比。其次我想目测他的眼睛的位置，但相隔太远，终于看不出眼睛的所在。远观近察，原是图画教室里通行的事，我不知不觉地向他走近去仔细端相了。并行在这长方形内的无数的皱纹线忽然动起来，变成了以眉头为中心而放射的模样，原来那江北人以为我要买花生米，故笑着擎起篮子在迎接我了。

"买几个钱？"

他的话把我的心从写生世界里拉回到月台上。我并不想吃花生米，但在这情形之下不得不买了。

"买三个铜板！"

我一面伸手探向袋里摸钱，一面在心中窃笑。我已把两句古人的诗不叶平仄地改作了：

"时人不识予心乐，将谓要吃花生米。"

廿二〔1933〕年春为开明函授学校《学员俱乐部》作

月 的 大 小*

"啊，今晚的月亮好大！"
"你看这月亮有多么大？"
"我看有饭碗大。"
"不止，我看有三号钵头大。"
"哪里？我看有脸盆大呢。"
"咦！人的眼睛怎的会这样不同？"
"听说看见月亮大的胆子大，看见月亮小的胆子小。……"

楼窗下的弄里有一班人在那里看月亮，谈话。夜静更深，一句一字都清晰地送进楼窗来。这样的话我在月夜不知听到过多少次数了。但每次听到的时候，心中总是疑怪：

---

* 本篇原载1933年9月《中学生》第37号。

月亮的大小，他们怎么会说得定？据我看，可大可小，没有一定。记得有一次月夜有人问我："你看见月亮怎样大？"我把月亮同近处的树叶子比量一下，回答说："像铜板大。"大家都笑了，说道："那是一颗星了！不信你看见的月亮这样小的！胡闹！"我其实并非胡闹，但也不分说了。后来又有一次被问，我想这回说得大些吧，便把月亮同远处的房屋的窗子一比较，回答说："我看同七石缸大。"人家又笑煞，说道："这么大的月亮不要吓死了人？"也有人嘲笑我说："他是画家，画家的眼睛是特别的！"我心中叫冤，但是也无法辩白。

这个问题一直在我心中为悬案，我相信他们不会乱说，但我其实也不是胡闹，更不是要扮画家，其中必有一个道理。一向没有闲工夫去推究，这一晚更深人静，又有对象摆在眼前，我便决意考察它一个究竟。

我把手臂伸直，闭住一目，就用手里的香烟嘴去测量月亮，看见香烟嘴正好遮住月亮。这样看来，月亮不过像一颗围棋子大小。因为香烟嘴之阔大约等于围棋子的直径。我又从离我一二丈远的柳树梢上窥测月亮，看见一瓣柳叶正好撑住了月亮的圆周。这样看来，月亮有一块洋钱般大小（因为一张柳叶之长,大约等于洋钱的直径。以下同理)。我又用离我四五丈远的围墙上的瓦片来同月亮比较,看见瓦片的一边之长恰等于月亮的直径,这样看来,月亮有饭碗大小。我又用离我十来丈远的烟囱来同月亮比较,看见烟囱恰好装在月亮里。这样看来,月亮有脸盆来大小。我又用离我数十丈远的人家的楼窗来同月亮比较,看见楼窗之长也等于月亮的直径。这样看来,月亮就有七石缸一般大了。我想,假如很远的地方有一个宝塔,宝塔一定可以纳入在月亮里,使月亮的直径与宝塔同长。又假如,这里是一片海,海上生明月的时候,远处的兵舰也可全部纳入在月亮里,那时的月亮就比兵舰更大了。

于是我想:世人看物的大小有两种看法。第一种是绝对的大小,第二种是比较的大小。绝对的大小就是实际的尺寸。例如"一川碎石大如斗",便是说用尺去量起碎石来,都同斗大。又如说孙行者的金箍棒"碗来粗细",便是说用尺去量起金箍棒来,直径等于碗的直径。比较的大小就是远近法的大小。譬如这条弄的彼端有一个母亲和一个孩子走来,假如孩子跑得快,比母亲上前了数丈,我们望去,便见母亲和孩子一样大;孩子若比母亲上前了十余丈,我们望去便见母亲反比孩子小了。即距离的远近与物的大小成反比例。古人诗云："秋景墙头数点山"，又云："窗含西岭千秋雪"。讲到实物，山比墙和窗大得不可言；但山距离远了，竟小得可以摆在墙头，甚至含入窗中。可知这两种看法，前者是固定的，后者则因距离而变化，没有一定。

看月亮，当然用第二种看法。因为月亮距人很远，虽然天文学者曾经测得它的直径是三千四百 km〔即 kilometre（公里）〕，但我们不能拿下月亮，用尺来量量看。况且我们这班看月亮的人，都没听到天文学者的报告，即使听到了也未必相信。故月亮是一种可望而不可接的悬空的形象，不比碎石或金箍棒地可以测量实际的尺寸。故说"一川碎石大如斗"，"金箍棒碗来粗细"，都行；但说"月亮像脸盆大"，意义很不明了，须得指定脸盆对你的距离才行。因为脸盆离你近了，形象会大起来；离你远了，形象会小起来，仅说脸盆大岂可作为尺度？故用东西来比方月亮的大小，其意思应该是：月亮像离我二三尺远的围棋子大，或离我一二丈远的洋钱大，或离我四五丈远的饭碗大，或离我十来丈远的脸盆大，或离我数十丈远的七石缸大，或离我数里以上的宝塔或兵舰大。充其极端，把距离推广到三十九万 km 的时候，月亮正是一片直径三千四百 km 的圆形，即月亮同实际的月亮大。反之，若拿一根火柴贴近在瞳孔前窥测，则火柴可以遮住月亮，即月亮只有菜子般大小。可知月亮的大小，全是与各种距离的实物比较而言，并无一定。这可证明我的话不是胡闹，更不是要装作画家。

但他们的看法毕竟也是不错的。不过没有说出东西对自己的距离，所以使我疑怪。古诗人描写月亮，说像"白玉盘"，像"宝镜"。坊间所编印的小学国语教科书里说，"像个球，像个盘"。可知人们对于月亮的大小，所见略同。即大约像饭碗，钵头，球镜，盘，脸盆等一类东西的大小。换言之，人们都是拿距离自己数丈乃至十数丈的东西来比较月亮的大小的。数丈乃至十数丈，是绘画的观察上最普通的距离。风景中最主要的前景，大都是这距离中的景物。可知人们对月，都能自然地应用绘画的观察法。

一九三三年新秋，于石湾，为《中学生》作

都会艺术*

说起"画",容易使人立刻联想到风景楼台;说起"诗",容易使人立刻联想到风花雪月,尤其是我们中国人如此。因为中国以前的绘画、诗歌,都是取自然风景为题材,以清高幽雅为标准的。批阅中国古画,可以见到大都是山水花卉,美人高士;翻开中国古诗词来,可以见到没有一个披旗(page)〔页〕上没有"花""月"等字,因此现在的学画中国画的中国人,往往都先学花卉、山水,或翎毛、仕女;或是买本《芥子园画谱》来临,或是买册名画来读。学做旧诗的人,也有还遵守着"熟读唐诗三百首,不会吟诗也会吟"的明训,而尽力于古代的模仿的。

---

* 本篇原载1925年3月31日《心之窗》第2号,署名:子恺。

风、花、雪、月等自然美，原是最好的艺术上的题材。因为通过这等神秘的自然界现象，我们可以认识宇宙的意志，窥见永远的面影。又风、花、雪、月、山、水等自然现象，在无论何时代，客观的总是终古如斯地对着人们。所以自然现象，在艺术上可说是一种普遍的题材，在任何时代，任何民族的艺术都可有这等题材。

艺术上，除了自然现象的普遍题材以外，还有相对的特殊题材。特殊题材，因时代状态、社会状态而异。因为一时代的艺术的表现，当然要以一时代的精神为背景，方才这艺术品的在这时代中有存在的位置与价值。而一时代的艺术品中的自然现象的普遍的题材，也一定蒙着这时代的精神与色彩，决不是他时代的模仿。故刻板地模仿过去时代的作品，是死的事业，是奴隶根性的态度。前世纪，——十九世纪，在人类文化生活上是一个极奇异的非常的世纪，科学的昌明，物质文明的急进，使人类的生存竞争愈趋于激烈险恶，在文化生活的艺术上就添了一层奇异的现代的色彩，出现了新奇的现代艺术。十九世纪以前，时代精神的变更当然也是有的；但回顾前数千年中的艺术潮流的变迁，都不及十九世纪的变化的剧烈。所以考察起现世纪的艺品中所表现的特殊题材来，使我感到非常的兴味。

代表的现代艺术，可说是"都会艺术"。在现代，除了荒陬中的蛮人和幽闭在庭院深深的富贵之家的幸福者（？）以外，都要受紧张的近代物质生活的教训，谁都要受万能的近代物质文明的诱惑。虽在远离都会的市镇乡村，只要有交通的可能，也必处处受到都会生活的余波。故现代人，可说是个个受着都会生活的洗礼，而皈依都会生活的教训的。是故都会人的艺术，所表现的内容自然不外乎近代生活的激烈的奋斗，近代生活的不安定，近代生活的悲哀与幻灭；所表现的题材自然要取用都会的动乱与骚扰，都会的日常生活，和一切的强烈的"动"与"刺激"。因为艺术是生的表现，即生活的反映。在艺术品中描写当人当时的实生活，好比在晚上梦见白昼所遭遇的事件或人物，全是自然的趋势。所以纯粹的审美的花月的描写，在现代人觉得刺激不强，缺乏兴味；又与生活无关，故不会描写。仿佛南极探险的人，对于平凡琐屑的事觉得无兴味，晚上不会做平凡琐屑的梦，都会生活与都会艺术中要是有花月，定是三层楼屋脊窗中的瓶花，密布的电线间的淡月。

十九世纪的物质文明与生存竞争及于文艺的题材上的

影响，显著的有二点，即（一）日常生活的题材的取用，与（二）"动"的描写。这两种可说是现代都会艺术的艺术。现代都会艺术的潮流，发源于印象派，澎湃于未来派。其间像法国的 bourgeoisie〔资产阶级〕艺术，英国的 gypsy〔吉卜赛〕艺术，都会的色彩尤著。

十九世纪的艺术主义，共通地表现着近代的意义。像浪漫主义的诗人画家 Rossetti〔罗赛蒂〕的作品，已可说是近代的神经与官能的实现化，他的画，更是近代生活的，即所谓 Native Realism。到了千八百七十年以后，印象派勃兴，近代都会艺术的色彩更浓。其中最显著的是 Renoir〔雷诺阿〕的艺术。他的画，大多数的题材是巴里〔巴黎〕少女，现代都会的卑陋生活，以及寻常菜饭的细事。他能在紧张的，压迫的，疲劳的现代都会生活内看出诗趣，在日常生活的一茶一饭中寻出艺术的题材来。故他的艺术，在技巧方面是外光的，在内容方面是都会的，即现代生活的表现。

在都会生活中寻出诗趣画意，是 Renoir 的艺术的最伟大的一点。因为艺术对于人类的最大的福音，是生活与艺术的融合，即生活的艺术化。过去时代的艺术，例如严正的古典主义，耽美的浪漫主义，在过去的时代中原也有相当的意义与价值，但与时代精神生活状况全然变更的现代，已经全然乖隔了。在组织复杂而刺激强烈的现代都会中度生活的人们，对于清闲的隐遁生活，原始质朴的农村生活，因为与自身的生活状态相去太远，而不发生兴味，不被感动了。虽然也有因了目前的紧张生活的反动而有意关心于反对方面的原始质朴的趣味的，例如后期印象派画家 Gauguin〔高更〕的嫌恶都会文明而逃避到半开民族的岛上，然而这究竟是特例。一般人的喜欢古风，是为了不能不在目前的生活中找出艺术趣味来的缘故。实在，最有意义最有价值的艺术，是以目前的实际生活为背景的艺术。以目前的实际生活为背景的艺术是普遍的，是民众的。譬如小酒店里的酒，又廉价，又多量，又刺激适于一般酒徒的享乐。艺术虽然不是全为民众的，但在人类文化进步的意义上看来，民众艺术恐要算最有价值了，印象派以后的艺术的所以伟大，正是因为适于民众运动的旨趣的缘故。

现代巴里画界的主势，是 bourgeoisie 艺术。bourgeoisie 是"中产阶级的""中流的""平凡的"的意义。这艺术主义的主张，以为 bourgeoisie 阶级的安易平凡的日常生活的感觉的愉乐是最有艺术的价值的。这派的画家的作品，用印象派的明快的色调，后期印象派的单纯化的技巧。题材差不多全是都会的市民生活，充分描出都会的市民生活的爽快的诗趣，实在可赞为"平民的伟大"。其中像 Vuiltard①，Guerin 等最为都会艺术的大画家。在英国，也有同样的艺术运动，即 gypsy 艺术。所描写的题材大部取自 gypsy，即江湖生活，游浪生活等，而表现出一种壮大的野趣。例如 Augustus John 的工作品描出着 gypsy 生活中的英雄的要素，可说是贱民生活的圣化。还有同派的画家 Brunguign 作品的题材大都是劳动生活及产业生活。在粗俗的产业社会中看出画趣，使劳动者在艺术中永久化，是这画家的伟业。

最彻底的民众运动的艺术是 Marinetti〔马里内蒂〕的未来派。未来派创于千九百零九年。其主义的中心思想，出发于现代的过激社党思想。反抗一切的传统与过去，厌恶一切过去的艺术与情调；赞美现代的悲惨的物质文明，例如疾走的火车，铁工场的机械，车站中的骚音，飞机的推进器（propeller），大铁桥的光辉，战舰的黑烟等。未来派的主张，以为生命是不绝地运动的，静止的只有"死"。运动使物象

---

① 似应为"Vuillard"〔维亚尔〕。

的定形破碎，破碎的物象分解为许多的线与面。这等线与面同时表出着空间与时间，即运动的无限的进行。描人有三四个手，描马有二十只足，就是运动的表现法，即时间的表现法。故未来派艺术的二特色便是都会的题材与动的表出。时代潮流由静趋动，由简单趋复杂，是文化史上的昭著的现象。所以我们所生存的世界，已是流转不绝的世界；我们的头脑，已受着"动"的洗礼。所以未来派的艺术最适合于现代的时代精神最具有民众的意义。未来派以后，俄国Kandinsky〔康定斯基〕的构图派（Compositionism），及最近Tristan Tzara〔特里斯坦·查拉〕的达达派（Dadaism），都是由未来派更展进更彻底的艺术主义。

一九二五年寒食之夜

无学校的教育*

我不相信世人所呼为"学校"的滑稽的建筑物是教育的机关。

——卢骚《爱米尔》第一编

我对于学校的怀疑心,起于在某师范学校读书的时候;后来自己做教师,所感更深;近来送女儿入小学,所感又深一点;最近参观一个小学校,所感尤深,就写这篇文字。

我在师范学校读书的时候,有一天先生教我们唱一首三部合唱的歌曲,那歌曲重音各部配得很有趣,歌词也作得很好,我们都很欢喜上这课,已忘记时刻。三部合唱练习

----

* 本篇原载1927年7月20日《教育杂志》第19卷第7号。

将近纯熟,上口正甜蜜的时候,忽然下课铃在窗外响起了。先生站了起来,说"休息罢,下礼拜再唱"。然而我们现在兴味正好,全不觉得吃力,并不要休息;况且这是合唱,要练得多数人都一致地纯熟,很费时间,到下礼拜上这课的时候,因为平时没有齐集来温习的时间,一定不能立刻上口,必须再费若干的时间来整顿方能成腔。所以大家快快地散出。我回到自修室里一看课程表,下一课是博物。就挟了教科书到阴暗而气味难闻的博物教室里去了。今天的博物课是讲细胞,且是示细胞标本。先生慢慢地点名,慢慢地讲开场白,慢慢地在近窗处的茶几上安排显微镜,慢慢地配准距离,我们一班共有四十五个人,这时候肃静地排列在教室里,很像一所罗汉堂。约历十分钟,先生已配准显微镜的距离,发命令叫我们一个一个地顺次去望细胞的形状。我因为上学期考第二,排在第二座,不久就轮到了。我去望细胞,约历半分钟,仍旧回去坐的时候,望见后面一大批人有的引领,有的支颐,像饥蚕在那里等候着自己轮到。我已经达到目的了;然而这回的坐要一直枯坐到下课铃的响出,而且无复希望,仿佛已是"残年"了。在枯坐的时候,我想:"为了每人半分钟的望显微镜,何必把很有兴味的三部合唱停止呢？况且一人望显微镜，何必四十四人坐着陪呢？难道读书一定要这样的？"这是我对于学校制的怀疑的开始。然而我不敢讲出来或有所表示，只是自己想想，至多逃一回课。

后来我做教师了。有一次，我在某校教图画。第一次上课时，教务主任引导我到一个黑暗的教室里，因为里面罗汉堂似的排列着满室的一律黑制服的学生，所以更加暗。教务主任讲了一番为我作广告兼对学生作训话的介绍辞，就拉上门去了。教室既无设备，学生也都空手，况且介绍辞已费去约二十分钟，这一小时（五十分钟）已经只有一半，我只得也用几句话敷衍过了。下礼拜这一天是什么纪念节，放假；再下礼拜恰好这时间开什么会，停课；第四礼拜上课，我带了两个瓶，一块布去，不管光线如何，把它们供在黑板前面，叫他们写生。然而学生太多，足有五十人，前面一行离黑板只有三尺地位，两端的人，要把头旋转九十度方可看见模型；又前几列有许多长学生，把后几列里的矮学生遮住，许多矮学生立起来对我责问办法，他们好像是自己不会动的木头人，一个一个都要我去搬排，——他们一举一动都要叫我，甚至小便都要对我讲。——等到我为他们排好位置之后，已经半小时过去了。他们图画有的用毛边纸，有的用拍纸簿，有的用自来水笔，有的用削得很尖的抄札记用的HH的铅笔。然而这更是说不到的事，我也毋庸批判他们的用具的不良了。第一人缴卷了。那人问我"这可得几分？"我突然不快，答说"没有分数！"讲桌下面忽起一片惊愕声："没有分数？"继续起一种一致的动作，似乎是因为晓得没有分数而失望地投笔。我兴奋了，把图画课的意义目的与分数的作用为他们申说一番。然而这话在他们听来是官话，且在那环境中，我自己觉得似乎也是无用的废话，徒装场面而已。他们受了压迫似的勉强再画不久，下课的铃响出，大家争先恐后地来缴卷，满期的徒刑犯似的扬长而出教室了。我收拾他们的画，退出教室，走到教务处里，就有教务先生郑重地对我谈话，说是未到时刻，不要放学生出教室，因为他们要在窗外骚扰，妨碍别班的上课。我唯唯。我记得了，刚才第一个缴卷的学生问我"画好了可否出去？"的时候，我说，"可以"，讲桌下似曾有惊诧的表示，原来这办法在他们是素来没有的。上课时间，不得出教室，无事也应该端坐教室中，这才是守校规。唉，我不懂校规，宜乎受教务先生的谴责！

下礼拜我因事请假；再下礼拜又逢什么纪念，放假；再下礼拜又逢什么开会，停课……忽然发生什么事故，提早放假。教务主任送我两张表格，一是本学期学业成绩表，一是本学期操行成绩表。我接了茫然。我是走教的，下电车就上教室，下教室就上电车的。我这一学期只上二三次课，人数这样多而见面这样少的学生，我连姓名都没有一个记得。他们的所缴的画，我实在只翻看一遍就发还，并没有记出分数，这些表格怎么填得起来呢？我去同一个什么主任商量，把这实际情形告诉他。他说："这不过是教务课的一种办事手续，只要大概，只要你填好了。"我方才明白，这是教务课为了要完手续而叫我填的表格，与学生、教育是全无关系的。这是学校的"政府"。从前我做学生的时候憔悴于虐政；现在我是自己做了教师而在执行这虐政了！

〇

近来我的女儿长到七岁了。家里的人都说应该入学，就送她到邻近的前期小学校去。那小学校学生不多，大半是相熟的几个邻人的子弟，聘定几位女先生专任教授，这样自由的组织，想来一定是很可合理地办理的。我因为自己烦忙，没有去参观。但每天下午听见《葡萄仙子》的合唱声，许多童声和一个女声，非常聒耳，连附近的娘姨们都常常同声赞美；并且这教育竟普及于她们，不久附近的娘姨都会唱了。有一天，我偶然经过那学校，从门中瞥见里面正在上课，壁角里一个六七岁的孩子背立着。晚上我问起我的女儿，她说："先生叫他立壁角。"我说"为什么立壁角？"她说："因为他吃中饭后到得太迟。"我又问"你立过否？"她说"我不立，我与某人、某人，先生都不叫我们立"，她又说"迟到要立壁角，……打手心，罚一个铜板买笤帚"。她就跑走了。我想到了：所以我的女儿每天朝晨醒来很惊惶，且起得迟了要哭，要母亲送去，或要赖学。她的不立壁角，大概一半是因女先生对我有交情的原故，一半是有她母亲送去的原故。而且这孩子每天朝晨的不快相，与礼拜六的欢喜相，明明表示着她对于学校的不好感。我一向错怪了她，原来是里面有这种虐政的原故。我的女儿，我想不识字也不妨，何必因为贪识几个字，而教她的小心去受这种虐政的压迫与伤害呢？不久，有一晚我的女儿忽然问我："爸爸，考试是什么？"我说"谁教你这话？"她说："先生说要我们考试，考试了放假。"我略为她解释这名词，次日就叫她辍学。

娇滴滴地唱《葡萄仙子》的青年的女先生，会虐待孩子，会课罚金，会做考试官，真出我意外！这又是学校的"政治"。但我决计料不到，这六七岁的小孩子的小学校，规模极小、关系极自由的小学校，也会蒙受"政治"的影响。其他的公立、官立的大规模的小学校，我推想起来，一定更不堪了。世间自然有很真实的小学教育家，很合理的模范的小学校，然据我所见，普通的小学教师中，像这类的青年的女先生很多，且算是漂亮人物的，因为她们有女子师范毕业的资格，有受"检定"的衔头。她们的思想相差一定不远，任她们虐弄的小学校一定不少。做小学的教师，做孩子们的先生，负何等重大的责任，是何等神圣而伟大的事业！叫这种姑娘们、小姐们或少奶奶们如何的担当得起呢？她们的要毕业，要检定，要当教师，大半是为要名声，要时髦；而要名声与要时髦，又大半是为要恋爱，要结婚。她们认真懂得什么"教育"，——"儿童教育"，认真有什么做小学教师的"愿心"呢？把子女送给这种人玩弄，还不如叫他们在家里帮母亲洗碗，缝衣，习家事，到可以着实学得做人的道理。

○

有一天晚上，我出外看月亮，偶然立在一个夜小学校的教室的窗外。靠窗坐的恰好是一个我们的邻童，他常常捉老蝉或拾小石子来送给我家的孩子,所以我很熟识他。他仰头看见了我,立刻对我笑,把他手里的一只大扑火虫在板桌下底给我看,又立刻向黑板前的女先生一看,继续是对她扭一扭嘴,又对我一笑。女先生正在问前列的孩子,"三民主义是谁作的?"一个约八九岁的女孩子伸着手,唱歌式地叫"孙总理!"继续后面起一片混杂的声音,"孙中山先生!"女先生笑哈哈地说"对!对!"又问:"介末孙总理,孙中山先生,现在阿活着呢?"又一片混杂的声音"死了,死了!"女先生又问"介末代替孙中山先生行这个三民主义的,是啥人呢?"说话未完,在我近旁窗内的那孩子突然跳将起来,把一只手高举,似乎接网球的姿势,尽力发一种怪音"蒋总司令!"跟着又是一片混杂的声音。"蒋介石,蒋总司令!"那孩子拼得了第一个回答,似乎踢进了一个 goal,得意地向先生看,又回转头来对我装个鬼脸。秋夜的冷风吹我打个寒噤,我就回家。

次日,我在路上遇到那孩子,他又捉着许多知了和老蝉,问我要不要。我回答他说:"我不要。你不可弄杀它们,玩好了要放生。"又对他说:"你昨天晚上回答得很好!你这么大就懂得三民主义、蒋总司令了!"他笑着说"先生教我们的"。随即跳了去，口中唱"三民主义是我们国民党的……"回头对我一笑，又一面唱，一面跳远去了。我站着目送他，隐约听出他唱的是"孙中山先生……"，"蒋总司令……"，大约是平日读的教课中的文句。

我曾经遇见许多小姑娘，都能用熟读的文句来机械地解说三民主义，又能背诵总理遗嘱。我觉得，孙中山是伟人，三民主义是宏著，孩子是可爱的人，然而并在一块，至少有点滑稽。小孩子对于政治上的事，当然是不能够了解的。记得我在高等小学的时候，曾经读慈禧太后的圣谕，对于"朕钦奉……庄仁寿恭钦显皇太后懿旨……"的文句，完全不懂，完全硬记而成诵。然而我那时候年纪，还比现在这班初级小学生大得多。假如现在这班小孩子都比我聪明，已够得上了解政治，那这班一定是童年的"老人"，真的是所谓"老头子的儿子"了。这样的教育，实在使我非常怀疑。

○

我对于学校的怀疑心，到现在已牢不可破。我决不再送我的儿女入一般的学校。并且想像甚样才是合理的儿童教育。有时"废除学校""无学校的儿童教育"一类的观念，不期地浮现到意识的表面来。最近买得了西村伊作的新著

《我子的学校》，读过之后，觉我所怀的模糊的观念，都被他深切、正确地道破了。

西村伊作是现在日本最新的私立学校文化学校的院长，是对于教育有深大的思虑，而正在独创地试行新教育的人。他对于儿童教育，尤有创见。他有八个子女，都不入学校，在家里教养长大，都很健全。长女Ayako，十一岁已著很好的童话，即现在日本文化生活研究会出版的Pinochiyo。今年四月，他发表《我子的学校》一书，书中记录着他对于儿童教育的主见和计划。书作随谈的体裁，他自己在书端说着："我作这本书，不用著书的态度，而用与朋友们谈话似的态度。这是随心而发的话，是杂谈。"所以全书都是短短的一段一段的谈话。虽然分立着许多标题，但也并无截然的起讫。我购读之后，特别对于他的反对学校而主张无学校的教育的几段话发生共鸣。就把它们节录在下面，以实这篇文章。

说起教育，就想到学校。人们似乎都以为学校对于教育是这样地万能的。

希望我儿入良好的学校，毕业的学校愈高等愈好；

使投考学额少而入学试验困难的学校；使得优等成绩，争主席，优等毕业：这是多数的父母对于子女的理想，又希望。

仅乎如此就了事么？为了我的爱儿的教育，为了我儿的一生的幸福，又为了营人类的善良的生活，对于我儿的学校仅用世间一般的思想了事，不但有误我儿，或将破坏父母自身的后半生的幸福，也未可知呢！

人类的爱子之心，跟了进化与向上而深起来。不但止于本能的爱，又因了人生观的、哲学的、宗教的、社会的及种种复杂的组合的思想，而爱子的方法进化起来。

学问与技术进步发达的时候，爱子的心一定也同样地进化、向上。爱的达于最高点，当不就是教育么？说起教育就想到学校？

*

学校，至多不过是教育的一部分。教育不仅是学校。我以为人还是在家庭、在社会所受的教育多。

家庭、朋友、社会等，不意识教育而实在教育；但一般似乎以为只有学校是教育的。有的父母，想教育自己的子女，但自己为职务所羁，没有亲自教育的时间，而专任其教育于学校。——这是现今的现象。

托其子女于学校的父母们，原非盲目地信任学校，以为任何学校都好的。在现今，颇有对于教育关心的人。选择学校，对学校有种种的希望，有种种的理想，关心于学校的教育方针与教育方法，种种的预先恳托，又时时留意于子女的在学状况。

怎样选择学校？甚样的学校是善良的学校？对于学校应有何种恳托？我儿的学校生活甚样才是好的？我为了要供关心于这等问题的爱子的父母们的参考，又要得几个共鸣的读者，写这篇文字。

*

差不多受教育的全部的委托的学校，这等学校的教师们，倘以为学校只是教育的一部分，而只教学校所有的学科，在今日的社会状况中是不行的。所以教师有具父母的心，当作自己的子女去教育学生的必要。教师不可当作教诲学生；不可把教师当作一种职业，而只在教坛上讲读教科书；须得想像这些学生倘都是自己的子女，应该怎样对他们说话，怎样管理他们；须用父母的心来教育学生。

*

我以为即使没有学校这样东西，人类生活上不会起大的困难。食物、衣服等，倘然没有了，人的生活当然不行；但是在现今的人的生活上，似是必要，而其实没有也不妨的事，很多。

米是人生不可缺的食物，似乎没有米一日也不得过去；然而请看，没有米的国土，很发旺地在那里进步。竹可制种种器具，是非常便利的宝贵的材料，于人生是必要的；然而没有竹的西洋诸国，其文明的发达非常卓著。

我以为人所作出的器具、器械之类，大部分是即使没有，人也可以生活。火车、轮船，大家以为是停驶了一天就不得了的。然而今日如果没有了这些，不过一时缺了用惯的东西而感到不便，不久之后，人就可没有火车轮船而生活了。

世间有视文明为无用，对文明抱反感的人。他们以为一切文明的机械岂但于人类绝无必要，反而有害于人类的幸福与安宁。对于"国家"一物，也是如此：国家的种种机关、法律、政治等，像今日地复杂地发达，阶级、资本、地位、利权等，这样复杂地混入人类生活中，人类的幸福的生活就愈加受害了。这种思想，我也常常觉得不错，不能轻藐地嘲笑这种思想为狂妄呢。

金钱处处增贵，是一日不可缺的东西。谁也承认没有金钱一日也不能生活，是今日的状态；然而世间即使没有了金钱，人类决计不会灭亡。在像现今的，为金钱受苦，为金钱丧命的人很多的时候，反而有时使我想像没有金钱的世界而神往。金钱的贷借，为工商业是必要的事。许多人以为倘然没有贷借，没有银行，产业不会发达；然而我以为金钱的贷借，正是使人生陷于悲惨的原因。也有议论贫富的悬隔与资本的暴虐的人；殊不知其根本实在于金钱及其贷借。

议论今日的社会问题的时候，倘也想一想这社会的缺陷的根本，我想其所论一定完全不同了。

*

关于学校，也是如此：倘只想今日的学校的状况，或只考自昔至今的学校的历史及其发达状态，那么，其对于学校的思想就固定于现在的学校，不会生起自由的新的思想，对于学校与人的关系，不能用更根本的思想来考察了。

我们必先考察：教育与学校对于人生有如何的关系，用极根本的、不为现状所拘囚的心，来自由地考察，与我们的本能相商谈，促动我们的直感，以造出自己的思想来。

*

我以为过分把教育委托于学校，是不好的。现在几乎一切的人都以为非学校不能教育，不入学校就不能养成良好的人格。因此盲目地信赖学校，以为总要入上级的学校，总要入名望好的学校。做学校的奴隶了！

他们都以为，不在上级的学校毕业，不能出世；女儿不在女学校毕业或出身于女子大学，不能嫁好的丈夫；只要有长期的进学校，就是好。反之，学校在教什么东西？子女怎样在学校用功？却全然不知，全然不想。只要是在进学校，就是我在大尽心于儿女的教育。——实际有这对人说的父母们。

非为爱子女、顾虑子女的一生而使入学校受良好的教育，是为自己的虚荣或体面而使子女入学校的人，好像也有。自己并不要入学,单为了父母的虚荣而入学的子女,好像也有。

*

"至少小学校非入不可,因为这是义务教育,不可不使受得。"这样的说法,原是不错的。然而我相信,因故而不得入小学校的,也可养成为完善的人。

身体羸弱的孩子,不使入学校,而在家庭里、病床上,每日用少数的时间,教他一点文字、唱歌、绘画,讲一点有兴味的话给他听,也许能使得到与入学的孩子一样的,或比入学的孩子更高的、人的教养。

在学校里,有种种的科目,众多的孩子对于一个先生所说的话,有时听,有时不听而与邻座的孩子耳语或恶戏。与其如此,不如每日由父母或教师教一种学科,着实地学习,即使用功时间少,或许可得有大效果的教育。

*

学科非常杂多,似乎盼望儿童每种都完全习得才好。然而我以为这样一来,一定不能完全习得一切。现今的学校,学科的种类已经太多样了。

小学校，只要一册读本，什么都包含在里面，就足以习得一切了。倘要模仿现在的学校，父母自己教时，即使小学程度，也苦劳得很；但不要模仿学校，真正地教育，普通的母亲教两个子女，使在家庭毕业，我想是容易的事。

伏在桌子上教的，每天只要一小时或半小时已够；此外便可使与父母一同做事，或在庭园中一同浇花、种菜，或一同散步，或供小差使，在厨房间里洗碗、扫地，及其他家庭事务的帮忙。这样，我想决计没有害而有益，可助身心的发达。

父母，尤其是母亲，不要每天孜孜于家庭的琐事细故，而分一点力来教育子女，父母自己的心也很可以高尚起来。因为教育的神圣事业而教育的人，必先有高尚的精神。为了教育的一种大而善的事务，即使饭菜稍不讲究一点，扫除稍不周到一点，家庭也欢乐而发美的光辉了。

一般以为非有学问的伟人，决计做不到这事。我想决计不然。即使只修了小学的人，但做了父母以后，已经在不知不识之间备有常识，故只要定心去做，一定是做得到的。

住在田舍或山村的不便利的土地的人,与其到远方去入并不十分信托的学校,决不如在家庭施特殊教育,可得有效的结果。

这不仅是空想,我亲见过实际在这样做的人。

*

学校里的教育的特殊的点,是聚集众多的学生,作一个儿童的社会。这究竟是好事还是恶事,是一个问题。看起来似乎有趣,互相作种种的游戏,互相谈话,相骂,作党派,横暴,唾骂,嫉妒。学校是小社会,或者可说宜于习得社会的生活;然而我以为还是得到恶的感化的方面多。

在学校里,在教室内,先生喋喋地为讲规则,斜坐了就加叱骂,表面看来像煞是教育。然而在先生眼背后做的恶事,放课后的儿童社会的真相,我是实在不忍看的!

我以为学校里所教的东西中,无用的很多。孩子们很懂得这点,对于这种教课往往取轻蔑的态度,或出于故意模仿的、揶揄的心。例如滑稽地改弄读本中或唱歌中的文句,是常见的事。

教育部里的大教育先生们郑重其事地作出的,至善至当的教育的文句,碰到孩子的新鲜的心的时候,有时竟立刻溃烂了。

*

今日的学校,照现状做去,无论如何是不行的。现今的小学教育,我觉得也非想法不可。学校的教育渐渐进步、渐渐改良起来,教育者中认真关心于教育的人们似在创作新的理想了。

但在学校有种种的规则与习惯,要立刻实行,是困难的。故实际的进步实在是迟迟的。

学校的当局者、校长、视学等能拿勇气来试行新的计划,才是好状。但当局者常是保守的;怀有进步的思想的人,大都是没有左右学校的力的人。

*

在学校里有"政治",这是不好的事。无论在小学校里,在大学校里,总有恶意的政治的思想蔓延着;与其说是教育的,宁说是政治的,这事很不好。尤其是像私立的学校,没有带官臭的必要的地方,却反而要带官臭起学校风潮争势力等事明白地或暗暗地充满在学校里。

真正的纯洁的教育的先生与认真勉学的学生,常受压迫于政治的势力所谓政治家的人物。我以为决不是教育的"政治"即争势力及支配欲等与教育是正反对的。

小学校时代的儿童没有懂得这政治的丑恶的生活,但中等以上的学生就常受其恶感化了。在小学的学生,也有在级长选举等时候,分给铅笔纸张于各人作当选运动。

从学生时代起就教以这世间无处不有"政治",使成人之后觉察"政治"的成效,这是一种什么思想?倘然这样是好的,那么从儿童时候就宜教以贿赂及欺诈之术也可成为一说了。

*

我觉得学校多有献媚于国家及社会现状的。这大概是因为政治的人在左右学校的原故罢。

教育,我以为是超越世间的现在的状态,而深在理想的世界里的。正的事,善的生活,美的思想,一定反对现代的现状。

倘然认为现今的世界就此已足，那就永远是反复现状的生活了。恶的事也有，错的事也有，野蛮的风习的遗留也有。逞欲，争斗，以及从现今的"政治的"而来的无限的恶业，这世中都有，所以没有办法。恐怕有人以为须使深知这种人的反理想的生活，而使利用之以制胜生存竞争，露头角于社会，以得成效。

使晓得世间有恶事，也是教育的事务的一种；但如果以为这恶点及这错误过于一般的，而认为世之常态，就不行了。使深知现代，使明白历史，实在可说是使研究恶。使对于恶的感觉麻痹，使中恶的毒，是可怕的事。

*

学校的教育的方法，是集大众而演说。所以只能教大体的、一般的事。教育，必须对各个人而告以适合其性情的话。从科学的研究起来，也非用适应其人的性质的方法不可。但是这在学校难于做到。要在学校里行所谓个别的教育，事实上是不可能的。

对于自我过强而想压迫他人的人，与意志薄弱而阴沥的人，必须用不同的方法来教，必须用不同的说明来教。在学校里，这是不能的。

在学校里，不顾有理解力与记忆力的先进者的盼望前进，而必使等待迟进的人。迟进者一点不曾懂得，必勉强使受同样的课。先进者徒然空费时间来等待，迟进的孩子无所习得，也必在教室里坐过毫无兴味的时间，两方都是时间的浪费。

家庭里的教育，独学，徒弟的学习法，我觉得没有上述的种种缺陷，而着实地在受教育。

父母可以全无对于社会、国家的顾虑，把自己所真正感到的事讲给自己的子女听。个人教个人的时候，可以坦白说话，不因社会国家而枉曲真理。

不像学校地把杂多的科目全套教授，进步的就不停滞地进步，益益增加兴味，不受困于不适当的学科。学科虽似偏一点，但教育却完全了。

有人说：不接触"学校"的社会的政治的空气，不懂得因学生间的种种世间的交涉而生的不快的感情，没有关于种种的恶的知识，而在不接触一般社会的生活内养育起来，成人以后，出社会的时候，要受人欺瞒，遭逢不利。——这话也有些道理。然我以为倘是没有强欲与野心而不知恶为何物的人，一定不会生危惧的心，因为他能对于世间的恶无关系而生活，故反而安全。

*

教育不是奏社会的成功的。教育有更高贵的目的。使人能作以人的主观的幸福为主的生活，能享受无限的天的惠赐，能赏识自然现象的美，能做生命力的活动的真正的事业，才是真的教育。

就是贫穷到沿门托钵，也可有高贵的生活。受着迫害，仍是发表真理；陷于困苦，仍是为善，——能使人得到这样的心，便是教育的最大成功。

*

有许多人这样说："这种教育的理想，过于离去现实，过于高踏的，我们的教育子弟，只要给以现世的幸福的和平生活已足，不要给以远离社会而生于困难中的教育。"然而最高尚的教育，不必是招致困难的。人因了运命，因了教育，有的受困苦，有的得现世的幸福而度物质的丰富的生活。

即使授以世俗的低级的合于现世的教育，教以推翻他人而专图自己的胜利，在运命不好的人仍是要受苦，要贫穷的。这种人的不幸的生活,兼及于物质的与精神的,是全人的贫苦。

受流俗的教育的人,世俗地教养起来的人,即使有社会的成功的时候,对于其成功必不满足,仍是逞欲,求更多的金钱,更高的地位,其心仍是苦的。造出没有心的愉乐的生活来,完全反背教育的本旨了。

我的爱子!希望你有好的衣食地位,和美的心的愉乐而度你的一生!如果二者不能兼得的时候,希望你选择心的愉乐!

*

教育者只要是人就行。就是别无何等才学或特殊的人格,也可以教育。深究学问的人,也许反是失却人间味的。有名的人,社会所珍宠的人,也有不懂教育的。

只要不胆怯,不过于自谦,有深大的爱的精神,信仰天地的心,为我的爱儿的幸福祈愿的心,就是比学者,教育家更大的教育家了。

*

有这样的人:这人曾遣其女儿入小学校。小学校毕业之后,不照例升入女学校,在家里教她英语和披雅娜

(piano)。这人是某有名的女学校的重要职员,如果送女儿入那女校,一定很可照顾,但是他不遣入。

家事,在自己家里助理种种事务,很可修练。一般的常识可看报,由父母兄姊等讲述关于报上的种种话及问题的批评,就可实际地晓得社会的情况。只要注意教语学,因为语学是习言语的,习言语的时候可使诵读记述种种事件的书,例如名家的文学及诗,关于家庭的,关于科学的,关于历史地理的,都可由语学而习得。

父母亲自去旅行,或访问亲友的时候带了子女同走,可为讲关于路上种种见闻的话;看见种种的人,听到种种的话,可得人与人的直接的感化;看了他人的家庭的情状,可知种种的家风,并习得礼仪。

进女学校去旷废许多的时间,徒然地每天背了许多很重的书物,及裁缝手艺等器具,远道来往。两者比较起来,这人的教育法实在有效得多。

*

我的知人中,有许多对于教育深思的人。他们的子女都不入学校,只在自己家庭中教育。在别人看来,以为并不在教育,只在游戏,也许有人以为大概其子女是低能的。然而他们的子女决不低能,有很好的思想力,有很富的常识。

具有思想的、艺术的天分的人,倘使入普通的学校,一定全无利益,或将失去其特殊的天分。

也许有人以为常在家里,身体恐要虚弱起来。然父母亲可使子女习劳动。习木工最好。木工是身体与头平均的运动。注意力、观察力、工夫、创作、劳动、忍耐、正直、义务等力,都可以养成。又可由此悟得因果律,修养关于物质、形体的智慧。

时时雇木匠来,受他的指导。不似学校的木工的无目的,而雇请木匠来实际改造自己的家,或作棚,造家具,与木匠一同做工。

家庭之中,需要工匠的工作地方很多。例如家具,与其买市中的现成物,不如自己做,形式可以美观,坚牢,价也不贵。教育与实用,可以两方兼得。

由这样的教育出身的子女,一定是比由学校教育出身的更稳健而有深的思虑的人。

纯粹的真的教育,没有学校也可以行。与其在学校里,不如由家庭教育或自修,可以造成真正的美的人格。学校可说是表面的教育，只是外部的装饰。

在今日，真正的自己的思想、趣味、道德及人生观，都不是从学校得来，而是从新闻、杂志以及种种的书籍、出版物上得来的。

学校只是卖各种智识的商店。中学、大学的学生，似乎都不是为了要得自己的人格的教养而入学的。不过要出社会先入学校，较为便利，即专为得毕业证书，得"资格"而入学的。

*

以前的学校，和关于学校的思想，非破坏不可。实际破坏学校虽然不可能，但倘不破坏学校思想，定是教育上的大害。

倘不破坏旧的，新的不会生出来；新的生了出来，旧的自然破坏了。然也有人说，在同时同所不能有两种事物的存在。在废物取去后的空地上建设新物，顺序似较适当。

革命，是政府所极度憎恶的。然而日日的进步发达，常在把旧的破坏下去。常在打破今日以前的固定的思想，迎入明日的新的生活。在从前的人看来，今日的进步状态，可看作是革命的连续。

各个人自己的心，无论怎样大革命都不妨的。我们的日常生活，无论怎样变化，无论何等特殊，只要不触犯法律，不直接伤坏国的组织，不危害官吏的椅子，是不会斫头或坐牢狱的。

今后我们各个人的思想与生活的变化与进转，必将造出大的结果来。凡百事端都是徐徐地发作的！

乡愁与艺术[*]

——对一个南洋华侨学生的谈话

你现在是到你的故乡来读书。然而你又像到异邦,不但离家数千里,举目无亲,而且连故乡的气候、风土、人情,都不惯于你。这是何等奇怪的情形! 我想,身处这样的地位的你,有时心中一定生起异常的感觉。这异常的感觉之中,我想一定会有一种悲哀。这种悲哀,叫做"乡愁"。乡愁,就是你侨居在异土,而心中怀念你的祖国时所起的一种悲哀。实际上,在南洋有你的家庭,又是你的生地,环境又都适合于你;上海没有你的戚族,又是你初次远游到的地方,温带的气候,江南的风俗人情,又都不适合于你。然而那

---

[*] 本篇原载南洋日报馆1927年10月编印的《椰子集》。

边是外国，这里是你的故乡。所以你如果有乡愁，你的乡愁一定与我从前旅居日本时的乡愁性质不同，你的比我的更复杂而奇离。我是犹之到朋友亲戚家作客，你是，犹之送给人家做干儿子了。此地是你的真的娘家，现在你是暂时回娘家来，但你已不认识你的母亲，心中想着"这是我的生母，但是我为什么对她这样陌生呢？"像你的年纪，一定已经有这种"乡愁"的经验的可能了。

乡愁，nostalgia，这个名词实在是很美丽。这是一种 Sweet sorrow〔甘美的愁〕。世间有一种人，叫做 cosmopolitan，即世界人。想起来这大概是"到处为家"的人的意义。到处为家，随寓而安，也有一种趣味，也是一种处世的态度。但是乡愁也是有趣的，也是一种自然而美丽的心境。尤其是像你那种性质的乡愁，趣味更为深远。凡人的思想，浅狭的时候，所及的只是切身的，或距身不远的时间与空间；越深长起来，则所及的时间空间的范围越大。例如小孩，或愚人，头脑简单，故只知目前与现在，智慧的大人有深长的思想，故有世界的与永劫的眼光。你在南洋的家中，衣丰食足，常是团圆的欢喜的日子，平日固然不会发生什么"愁"；但如果你的思想深长起来，想到你的一生的来源的时候,你就至少要一想"中国"了。"我是中国人,我的血管里全是中国人的血,同我周围的人的血管是不相通的。"如果这样想的时候,幽而美的乡愁就来袭你的心了。

我告诉你:我的赞美乡愁,不是空想的,不是狂文学的(rhapsodic),不是故意来慰安你,更不是讨好你。幽深的、微妙的心情,往往发而为出色的艺术,这是实在的事情。例如自来的大艺术家,大都是怀抱一种郁勃的心情的。这种郁勃的心情,混统地说起来,大概是对于人生根本的,对于宇宙的疑问。表面地说起来,有的恼于失恋,有的恼于不幸。历来许多的艺术家,尤其是音乐家、诗人,其生平都有些不如意的苦闷,或颠倒的生活。我可以讲两个怀乡愁病的艺术家的话给你听。就是英国拉费尔〔拉斐尔〕前派的首领画家洛赛典〔罗赛蒂〕,及浪漫派音乐大家晓邦〔肖邦〕的事。

十九世纪欧洲的画界里,新起的同时有两派,一是叫印象派,你大概是听见过的。还有一派叫做"拉费尔前派"("Pre-Raphaelitist"),虽然在近代艺术上的地位不及印象派重要,然而是与印象派同时并起的二画派,为十九世纪新艺术的两面。不过因为印象派艺术略占一点势力,能延续维持其旗帜;拉费尔前派范围狭小一点,只是在英国作短期间的活动就消灭。然讲到艺术的价值,其实拉费尔前派也是很有基础的。洛赛典(Rossetti),就是这画派的首领画家。他的艺术的特色,是绘画中的诗趣与情热的丰富,他的杰作有《陪亚德利兼〔比亚特丽丝〕的梦》(Beatrices Dream,见但丁《神曲》),《浮在水上的渥斐利亚》(见沙翁剧),大多数的杰作是描写文字中的光景的。记得《小说月报》上曾登载过洛赛典的作品的照相版的插画,好像《陪亚德利兼的梦》也是在内的。你大概看见过。你如果对于这样的画感到兴味,我劝你再去找《小说月报》来翻翻看。这是乡愁病者的画!洛赛典是个怀乡愁的人。他的乡愁,产生他这种华丽的浪漫主义的艺术。

洛赛典,大家晓得他是英国人,而且是有名的英国诗人,兼画家。照理,英国是产生 gentleman〔绅士〕的保守国,不该生出这样热情的、浪漫的洛赛典。是的,英国确是不会产生洛赛典的;洛赛典并不是英国人,稍稍仔细一点的人,大概从他的姓 Rossetti 的拼法上可以看出他不是英国人。原来他的父亲是意大利的狂诗人,亡命到英国。他的母亲是北欧女子。他的血管里,全没有英吉利人的血,所以他的性格也全非英吉利的血统。他的性格,是热情的南欧与阴郁的北欧的混和。秉这性质而生在英吉利的环境中,在他胸中就笼罩起一种"乡愁"来。英吉利的生活,是酿成他的怀古的、幻想的乡愁的。倘使他没有这种不可抑制的乡愁,他的浪漫主义一定不会有这样的实感。这是最著名的乡愁的艺术家之一人。

还有一个大家都晓得乡愁的艺术家,是音乐家晓邦(Chopin)。晓邦是近代的所谓法国式浪漫乐派的九大家之一。他是披雅娜〔钢琴〕名手,俄国大音乐家罗平喜泰因〔鲁宾斯坦〕曾赞他为"披雅娜诗人"。他的作曲非常富于美丽的热情,其情思的缠绵悱恻,委曲流丽,有女性的气质。他所最多作的乐曲,是所谓"夜曲"("nocturne"),一种西洋乐曲名,用披雅娜或怀娥铃〔小提琴〕奏(详见我所著《音乐的常识》)。其次是"马兹尔加"〔"玛祖卡"〕("mazurka")、"波罗耐斯"〔"波洛涅兹"〕("polonaise")舞曲等。现在上海的各乐器店内,均有晓邦的作曲出售,懂得一点弹披雅娜的人,大概都能弹晓邦的夜曲。故你们听到"夜曲",便联想到它的作者晓邦,好像夜曲是晓邦所专有的了。

"夜曲",即使你没有听到过,但看字面,也可猜谅这种乐曲的情趣。"夜"的曲,总是"幽"的、"静"的、"美丽"的、"热情"的、"感伤"的。晓邦何以专作这样幽静的、美丽的、热情的、感伤的音乐呢？ 也是乡愁的力所使然的！

大家晓得晓邦是生于法国的,平日是飘泊在柏林、巴黎的。独不知他的父亲虽是法国人,但他的母亲是波兰人。波兰是已经亡国了的。故晓邦的血管里,是情热的法兰西系与亡国的哀愁的波兰系的交流。生活在法兰西,以法兰西人为父亲,而又具有波兰人的血统、波兰人气质,以波兰人为母亲,就使他感念自己的身世,酿成许多乡愁的块垒在胸中,发泄而为那种幽美的、热情的、感伤的音乐。

晓邦是披雅娜(piano)大家,西洋音乐界上自出了十八世纪的音乐救世主罢哈〔巴赫〕(Bach)以后,从未有像晓邦的理解披雅娜的人。所以他有"披雅娜诗人"的称誉,又被称为"披雅娜之魂"。晓邦苦于失恋,死于肺病,生涯如此多样,故作风亦全是美丽的感情的。他平生多忧善病,故作品中有女性的情调。他又有贵族的性格,在作品中也时时现出一种贵族的 delicacy〔纤雅〕。故他的作品,可说全是性格的照样的反映。他的作曲,一方面温厚、正大、充满诗趣,他方面其旋律句又都有勾引人心的魔力。你可惜没有听到过他的作曲。你听起来,我想你的心一定被勾引,如果你胸中也怀着一种甘美的乡愁。

这两个艺术家,可称为"乡愁的艺术家"。我所谓乡愁发泄于艺术上的,就是指这种人。但是"乡愁"两字,又不可不再加注解一下。

第一,我赞美所谓乡愁,不是说有了愁便可创作艺术,也不是教你学愁。所谓乡愁,其实并非实际地企求归复故乡而不得,而发生的愁。这是一种渺然的、淡然的、不知不觉地笼罩人心的愁绪。换个说法,凡衣食丰足的幸福者,必感情少刺激,生活平易;处于飘泊的境遇的人,往往多生感触,感触多则生愁绪,这种愁,宁可说是一种无端的愁,无名的愁(nameless sorrow),即所谓"忧来无方""愁来无路",不是认真企图返故乡、归祖国而不得的愁。如果是认真企图返故乡、归祖国而不得的愁,那就切于现实,与商人图利不得,兵官出仗不胜的懊恼同样,全无诗趣,更不甘美了。

第二,我赞美乡愁,不是鼓吹"女性化",提倡"柔弱温顺"。凡真是"优美"的,同时必又是"严肃""有力"的。否则这"优美"就变成偏缺的"柔弱",是不健全的了。乡愁,尤其是像晓邦的态度,表面看来似乎是偏于"柔弱""阴涩"

的"女性化"的，其实并非这样简单。晓邦的作曲，听起来一面"优美纤雅"，一面又"温厚""正大"，决不是"弱"的、"晦"的之谓。只要看"夜曲"的夜，即大自然的夜，就可明白了。我们对于昼夜，自然感情不同，但决不是昼阳的、夜阴的，昼明的、夜晦的，昼强的、夜弱的，昼严的、夜宽的，昼男性的、夜女性的。昼明夜晦，全是表面的看法。在人——尤其是富于情感的人——的感情上，夜有夜的阳处，夜的明处，夜的强处，夜的严处，夜的男性处。晓邦的气质，便与"夜"同样，我所赞美的乡愁，也并非单是教人效"儿女依依"之态。人的感情，其实刚中有柔，柔中有刚；英雄的一面是儿女，儿女的一面是英雄。

所以我的对你赞美乡愁，不是说"你是离祖国客居南洋的，应该愁！"也不是说"你是个飘泊身世，应该效儿女的镇日悲愁！"

你是欢喜音乐的，我再拿音乐的话来为你说说。

美国，大家晓得是一百多年前哥伦布发见了新大陆的美洲，由欧洲殖民而成的。美国是"乡愁之国"。他们虽然移居美洲已经百余年了，然静静回想的时候，欧洲总是他们的祖国、故乡，他们是客居在美洲的异域的。大家都晓得美国是 pragmaticists 的产地，即实利主义者的产地。在上海的美国人，都是商店的"老板"，即所谓 shop keepers。说也奇怪，这等孜孜为利的老板们的一面，是乡愁者。何以晓得呢？看他们的音乐就可以知道。

美国是新造国，什么都没有坚固的建设，音乐也如此。美国没有大音乐家，除比较的有名的麦克独惠尔〔麦克道惠尔〕（Mcdowell）以外。然而美国的音乐有一种特色，即其民谣的美丽。且其美丽都是乡愁的美丽，在歌词上，在旋律上，均可以明明看出。我已经教你们唱过的美国民谣中，已经有三首，即 *Old Folks at Home*〔《故乡的亲人》〕, *Massa's in the Cold, Cold Ground*〔《马萨在冰冷的地中》〕, *My Old Kentucky Home*〔《我的肯塔基故乡》〕。前面两曲，乡愁的色彩更为浓重。

我们试把前两首及 *Dixie Land*〔《迪克西》〕的歌谱，举在下面。

我们来回想回想看：*Old Folks* 的旋律，充满着"怨慕""愁诉"的情调。在第三行的 refrain〔副歌〕之处，突然兴奋，正是高潮。第四行的继以静寂，又何等"感伤"的。在歌词上，所谓 My heart is turning ever（我的心永远向往），

Old Folks at Home

D调 4/4

```
3 -  2 1 3  2 | 1  i  6 i . |
```
'Way down up-on the Swa- nee Ri-ver,
All up and down de whole cre- a-tion,

```
5 - 3 1 | 2 - - 0 | 3 - 2 1  3 2 |
```
Far, far a- way, Dere's wha my heart is
Sad- ly I roam, Still long-ing for de

```
1  i  6 i . | 5  3 . 1  2  2 . 2 | 1 - - 0 :
```
turn-ing ev-er, Dere's wha de old folks stay,
old plan-ta-tion, And for de old folks at home.

副歌

```
7 . i 2  5 | 5 . 6  5 i | i  6  4  6 |
```
All de world is sad and drear-y, Ev-'ry-where I

```
5 - - 0 | 3 - 2 1  3  2 | 1  i  6 i . |
```
roam; Oh! dark-ies how my heart grows wear-y,

```
5  3 . 1  2  2 . 2 | 1 - - 0 ‖
```
Far from de old folks at home.

Massa's in de Cold, Cold Ground

D调 4/4

5· 6 5 3 2 1 | i - 6 0 6 |
Round de mead-ows am a- ring- ing De

5 3 3· 1 | 2 - ·0 5· 6 5 3 2 1 |
dark-ies' mourn-ful song,—While de mock-ing bird am

i - 6 0 | 6 5 3 1 3 2 | 1 - ·0 |
sing- ing, Hap-py as de day am long,—

5· 6 5 3 2 1 | i - 6 0 | 5· 3 3 1 |
Where dei-vy am a- creep-ing O'er de grass-y

2 - ·0 | 5· 6 5 3 2 1 | i - 6 0 |
mound,— Dar old Mas-sa am a- sleep-ing,

6 5 3 1 3 2 | 1 - ·0 | i - 7 6 |
sleep-ing in de cold, cold ground. Down in de

5 - 3 0 | 6 5 3 1 | 2 - ·0 |
corn-field, Hear dat mourn-ful sound:

5· 6 5 3 2 1 | i - 6 0 |
All de dark-ies am a- weep- ing,

6 5 3 1 3 2 | 1 - · 0 ‖
Mas-sa's in de cold, cold ground.

Dixie Land

C调 2/4

5 3 | 1 1 1 2 3 4 | 5 5 5 3 |
I wish I was in the land ob cot-ton,

6 6 6·5 | 6·5 6 7 1 2 | 3· 1 5 |
Old times dar am not for-got-ten, Look a-way! Look a-

1· 5 3 | 5· 2 3 | 1 0 5 3 |
way! Look a- way! Dix- ie Land, In

1 1 1 2 3 4 | 5 5 5 3 3 | 6 6 6 6 5 |
Dix-ie Land whar' I was born in, Ear-ly on one

6·5 6 7 1 2 | 3· 1 5 | 1· 5 3 |
frost-y mornin', Look a-way! Look a- way! Look a-

合唱

5· 2 3 | 1 0 5 6 7 | 1 3 2· 1 |
way! Dix- ie Land, Den I wish I was in

6 1 6 | 2· 6 | 2· 5 6 7 | 1 3 2· 1 |
Dix-ie, Hoo-ray! Hoo- ray! In Dix-ie Land, I'll

6 7 1 6 | 5 3 1 3 | 8 2 3 |
take my stand to lib and die in Dix-ie; A-

1· 3 | 2· 6 | 5 3 | 1· 3 | 2 1 3 |
way, a- way, A-way down south in Dix-ie; A-

1· 3 | 2· 6 | 5 3 | 3· 1 | 2 1 ‖①
way, A- way, A- way down south in Dix- ie.

....

① 以上三首歌曲,原系作者手抄五线谱,因不清楚,由编者改为简谱。

所谓 All the world is sad and dreary（全世界都是悲哀与恐怖），所谓 Far from the old folks at home（远离旧家），明明是乡愁的诉述。这是何等美丽的情调！我每唱到或弹到这曲的时候，总被惹起无限的辛酸。

《马萨在冰冷的地中》一曲，词句上虽然只是吊马萨之死，没有明明表示出乡愁的意思，然旋律的"静美""哀艳"，实与前曲同而不同。同的是怀乡的哀情，不同的是前者为"愁诉"的，后者为"抒情"的。

美国的民谣都是这类的么？倒并不然。说也奇怪，美国一面有这样"哀艳""静美"的音乐，他面又有非常"雄壮""堂堂威武"的音乐。例如 Hail Columbia〔《欢呼哥伦比亚》〕，Star-Spongled Banner〔《星条旗》〕，Dixie Land 等便是。最后一曲，是我曾经教你们唱的。

Dixie Land 一曲，拍子非常急速，音域很广，旋律进行的步骤多跳跃，这等都是"雄大"的条件。就歌词上看，也不复有像前二曲的心情描写，而只是勇往奋进的希望、祈愿。无论旋律与歌词，都与前二曲处完全反对的地位。这实在是美国音乐上很有趣的一种特色；也恐是殖民国的特色吧。

美国是殖民之国,是乡愁之国,然而其人一方面有去国怀乡的情感,他方面又有勇往直前的壮气,和孜孜于商业实业的工夫。无论这等是好、是坏,仅这"多样"的一点,已是可以使人佩服的了。这更可以证明乡愁这种感情,不是"柔弱""懦怯"的。

南洋侨胞是"侨民",不像美国人的是"殖民"。然无论侨民、殖民,其去祖国而客居别的土地的一点是相同的。我现在为你说美国人的音乐,却偶然变成了很对题的话,真怪有意思呢!

于上海江湾立达学园

音乐与人生[*]

一定有多数的学生感到：上音乐课——唱歌——比上别的课更为可亲，音乐教室里的空气比别处的空气更为温暖。即此一点，已可窥见音乐与人生关系的深切。艺术对于人心都有很大的感化力。音乐为最微妙而神秘的艺术。故其对于人生的潜移默化之力也最大。对于个人，音乐好像益友而兼良师；对于团体生活，音乐是一个无形而有力的向导者。

个人所受于音乐的惠赐，主要的是慰安与陶冶。

我们的生活，无论求学、办事、做工，都要天天运用理智，不但身体勤劳，精神上也是很辛苦的。故古人有"世

---

[*] 本篇选自上海开明书店出版的《开明音乐教本·乐理编》（丰子恺、裘梦痕合著）1935年初版本。

智"、"尘劳"等话。可见我们的理智生活很多辛苦，感情生活是常被这世智所抑制而难得舒展的。给我以舒展感情生活的机会的，只有艺术。而艺术中最流动的、活泼的音乐，给我们精神上的慰安尤大。故生活辛劳的人，都自然地要求音乐。像农夫有田歌，舟人有棹歌，做母亲的有摇篮歌，一般劳动者都喜唱山歌，便是其实例。他们一日间生活的辛苦，可因这音乐的慰安而恢复。故外国的音乐论者说："music as food."其意思就是说，音乐在人生同食物一样重要。食物是营养身体的，音乐是营养精神的，即"音乐是精神的食粮"。

音乐既是精神的食粮，其影响于人生的力当然很大。良好的音乐可以陶冶精神，不良的音乐可以伤害人心。故音乐性质的良否，必须审慎选择。譬如饮料，牛乳的性质良好，饮了可使身体健康；酒的性质不良，饮了有害身体。音乐也如此，高尚的音乐能把人心潜移默化，养成健全的人格；反之，不良的音乐也会把人心潜移默化，使他不知不觉地堕落。故我们必须慎选良好的音乐，方可获得陶冶之益。古人说，"作乐崇德"。就是因为良好的音乐，不仅慰安，又能陶冶人心，而崇高人的道德。学校中定音乐为必修科，其主旨也在此。所以说，音乐对于个人是益友而兼良师。

团体所受于音乐的支配力更大。吾人听着或唱着一种音乐时，其感情同化于音乐的曲趣中。故大众同听或同唱一种音乐时，大众的感情就融洽，团结的精神便一致。爱国歌可使万民慷慨激昂，军歌可使三军勇往直前，追悼歌可使大众感慨流泪，便是音乐的神秘的支配力的显示。古人有"乐以教和"的话，其意思就是说，音乐能使大众的心一致和洽。故自来音乐的发达与否，常与民族的盛衰相关，其例证很多：我国古时周公制礼作乐，而周朝国势全盛，罗马查理大帝（Charlemagne，768—814）的统一欧洲，正是"格列高里式歌谣〔格里哥利圣咏〕"（上代罗马法王〔教皇〕Gregory I〔格里哥利一世〕所倡的音乐）发达的时代。普法战争以前的德国，国势非常强盛。当时国内音乐也非常发达，裴德芬〔贝多芬〕（Beethoven）、修裴尔德〔舒柏特〕（Schubert）、孟特尔仲〔门德尔松〕（Mendelssohn）、修芒〔舒曼〕（Schumann）、勃拉姆斯（Brahms）等大音乐家辈出，握世界音乐的霸权。又如西班牙国力衰弱时，国内不正当的俗乐非常流行，日本江户时代盛行淫荡的俗乐，国势就很衰弱。凡此诸例，虽然不能确定音乐的盛衰是民族盛衰的原因，但至少是两者互相为因果的。郑卫的音乐[①]被称为"亡国之音"。可知音乐可以兴国，也可以亡国。所以说，音乐对于团体是有力的向导者。

今日的中国，正需要着这有力的向导者。我们的民族精神如此不振，缺乏良好的大众音乐是其一大原因。欲弥补这缺陷，需要当局的提倡，作家的努力和群众的理解。这册教科书的效用只及于最后的一项而已。

---

① 春秋战国时郑卫两国的音乐有"乱世之音"之称。

怎样唱歌[*]

常常听见人说："本来也想唱唱歌，可是喉音不好，真没有办法！"这话在早几年听着也非常同情，直到自己遍历音乐世界一通后，深知这话不然了。对于音乐的感染性，的确有高下，至于唱歌，却是一种技术，有方法，有练习，有研究，便有成功。这是可以教育的，人人得能为之的。除了音带有毛病之外，便无所谓喉音不好。据说程砚秋发音有缺点，然而他利用了他的缺点，使变为他的特点，这是多么值得注意的啊！

我国人得于音乐，向来是淡薄的。学校里的音乐课是随意科；加之一般音乐教师大都不知道音乐为何物，所以竟使

---

[*] 本篇原收入《抗战歌选》，萧而化、丰子恺编著，汉口：大路书店1938年初版。成都：越新书局1942年10月再版。

我们大家都变为"喉音不好"的人,对于唱歌,不敢问津了。这真是可惜的事。这里,我希望大家改变,"喉音不好"的这种错误观念,有方法,有练习,有研究,便有成功。不是全凭本能,那样不成。

唱歌的方法很多,真正专习声乐时,那就非找专门家传习不可了。至于普通唱歌,并不需要怎样深究,只要发音方法正确,唱出来就不错了。现在姑举最基本的数则如下。

呼　吸

大家知道,发声是呼出空气使音带振颤而成的。所以要唱歌,首先就要知道呼吸法。

呼吸方法有两种,一种是腹呼吸,一种是胸呼吸。呼吸是运动横隔膜而呼吸的,就是吸气的时候,横隔膜向下压迫使腹部容积缩小,所以腹部鼓涨很高,而胸部容量增大,使空气流入。反之,横隔膜向上弛松,胸部各肌肉亦紧缩,将空气压出,是为呼气。唱歌时,要使横隔膜向下张开(腹部当然鼓起),使胸腔肌肉扩张,筋骨挺起,吸入空气,然后压缩上部,使气缓缓呼出,用腹式呼吸来发音。发音时,喉头要放开，切不可用劲。近来一般唱歌的人，往往使劲扩张喉头而发音，自以为像西人唱歌一样，实则错误已极，不可不知。

要唱歌便要常常练习呼吸，使呼吸量大，那么音量也就会大起来，同时又要能敏捷，尤其是吸气，因为有时歌曲没有休止处，便要速吸才能应付。

唱歌中途，不能随意呼吸，大致说来，词句有标点的地方或可吸气，否则便成错误。

发　　音

每个字音，大概都可分为子音和母音二部分，至少母音是不会少的。歌唱的人，对于这两部分都要研究练习。我国言语很复杂，用一方土语唱歌，当然不佳，须依照国音发音而唱歌。

唱歌时，母音往往比说话时来得长。有时长至数拍或十余拍，所以更要特别练习。至于子音呢，只要能依照国语正确发音时便得。

在唱歌中，母音发音的方法，有许多是禁忌的，虽然依国别上稍有差异。大致说来,以"呀"音(a)为中心,发音时,唇齿稍张,稍向前,口圆略能进五指(撮着)为度,决不可大张口齿。若就势再将嘴唇撮拢,更向外,更圆小,便变成"喔"音了(o)。依此法再进一步便发成"乌"或"吁"音了(u)。反之,由a音发音之势,将唇及嘴角稍向内,齿稍合拢,上下齿间,略能进中指为度;舌尖向上便是e音的正确发音法了。再进一步,嘴角更向里圆,齿更稍合,是正确的"唉"音(i)的发音法了。

发音法很重要,纸笔口说不大明白,有心人,最好去请教一下对于唱歌有研究的人,且要多多练习。

表　情

有了正确的唱歌方法和积久的练习,唱歌一定好,不过这个好,只能说是技术的,徒只技术,决不是艺术。艺术是感情的产物,所以唱歌的人,没有感情的发挥,那么技术怎么好,也是乏味的。

唱歌是文学和音乐结合的艺术。每首歌词,固然不必都是感情的写照,然而,无论如何,其立意,口气,态度,都能够看出。对于这点,唱歌的人必须特别注意,要能够表出,譬如:是庄严,是轻快,或如歌,或如□①,种种。唱歌和说话,表情没有两样,明白这句话,便能够明白一切了。

此外歌曲和歌词表情也是一样。惟有不好的歌曲,才是曲不达词了,唱歌的人,要注意选择。

以上将唱歌的最基础的方法略说了一下。即使不是专门音乐家,只要看了这数个条件,唱歌就很好了。即使稍有缺点,—— 如音量不宏响 —— 也不要紧。须知就在音乐专家中,全才也很难得。

---

① 此处字迹漫漶不清。

精神的粮食[*]

人生目的为何？从伦理的哲学的言之，要不外乎欲得理想的生活。亦即欲得快乐的生活。换言之，欲满足种种欲望。人欲有五：食欲，色欲，知欲，德欲，美欲是也。食色二欲为物质的，为人生根本二大欲。但人决不能仅此满足即止，必进而求其他精神的三大欲之满足。此为人生快乐的向上，向上不已，食色二欲中渐渐混入美欲，终于由美欲取代食色二欲，是为欲之升华。升华之极，轻物质而重精神。所欲有甚于生，人生即达于"不朽"之理想境域。故精神的粮食，有时更重于物质的粮食。浅而言之，儿童之求游戏有时甚于求食。囚犯之苦寂寞有时甚于饥寒。反

[*] 本篇为1939年作者在广西宜山浙江大学所编的"艺术教育"油印讲义第14节。

之，发奋忘食，闻乐不知肉味，亦不独孔子为然，人皆有之，不过程度有差等耳。今人职业与事业不符者，苦痛万状。因职业只供物质的粮食，而不供精神的粮食也。

以艺术为粮，则造型美术如食物，诗文、音乐如饮料，演剧、舞蹈如盛筵。

于艺术中求五味，则闲适诗，纯绘画（图案，四君子等），纯音乐（Bach〔巴赫〕)等作品，注重形式，悦目赏心，其味如甜。记叙，描写，抒情之诗；史画，院画，诗画，描写乐，标题乐及歌曲，兼重内容，言之有物，其味如咸。讽喻诗，宣传画（poster），漫画，军乐，战歌，动心忍性，其味如辣。感伤诗，浪漫画，哀乐，夜曲，清幽隽永，其味如酸。至于淫荡之诗，恶俗之画，靡靡之音，则令人呕吐，其味如臭矣。

白马读书录（一）*

人与运命的纠缠，是终古如斯的问题。披览前人底历史，往往使人怒发冲冠，拍案顿足。然而那"运命"总是装着冷酷而凶险的脸，管自肆行他对人的威权，使人无可如何。

裴德文〔贝多芬〕底第五交响乐《运命》（*Fate Symphony*），描写着的是人与运命的纠缠，运命底虐人，末了是人底制胜运命。又他底第九交响乐，即《合唱交响乐》（*Choral Symphony*），是他晚年的，超越的作品。那时他已经全聋了。这制作便是他底超越，制胜运命。在超越的裴德文自己，果否得到超越，制胜运命的胜利和欢喜，我们

---

* 本篇原载1923年11月1日《春晖》第18期，署名：子恺。原刊文字模糊无法辨认处，以"□"表示。

无由晓得。但在凡俗的我们，总归确也共伤裴德文底不幸。听说裴德文临死时，自己曾这样说："唉！我只写得几个音符！……"他所写的音符，在我们颗颗是珍珠宝玉，粒粒是□人间底生命的泉水。假使天假以年，不知他在音乐里更有何等的珍贵的供献。或者假使他不聋，又不知在□□上有怎样的指教。真使人不可想像。有人说：孔孟不达，所以有经书的著述，成就其所以为孔孟。我们对于裴德文，也只有这样地自解□。

裴德文底失掉听觉，是音乐家底可悲的运命。同样的失掉重要的身体上的健康或精神上的健康的音乐家，在我所记得还有数人。德意志浪漫派作家修芒〔舒曼〕（Schumann），幼时专心学披雅娜〔钢琴〕，每天练琴七小时以上，正热狂的时候，练习太剧烈了，左手底指伤了筋，□不能动了。当时他何等失望！结果，只得改途，□志于作曲家。后来指伤虽渐渐好了，然究竟左手不健全了。故今日所传的修芒底披雅娜作品，在右手的指法上创意甚多，左手指法上没有甚发见。然而修芒披雅娜曲，如《蝴蝶》（*Papillon*），如□□□□等，何等秀丽，何等诗的而富于感情！假使他底左手指也健全，不知 Papillon 底低音部又如何生动。修芒后来又得狂病，曾投莱因河〔莱茵河〕求自杀，结果是颠狂死的。同样有名的，披雅娜家，就是作"夜乐"〔夜曲〕（nocturne）的波兰人晓邦〔肖邦〕（Chopin）。他是生肺病而短命死的。现代波海米亚〔波希米亚〕作家斯梅塔拿〔斯美塔那〕（Smetana），也得狂病，盛年死在监禁养育院。晓邦是近世浪漫派音乐家中底巨子，他给我们许多美丽的夜乐，我们讲起晓邦，便想到夜乐，听了夜乐便联想这死于病苦的天才晓邦。斯梅塔拿是十九世纪底音乐的先觉者。听到了他底杰作歌剧《交换新娘》〔《被出卖的新娘》〕（*Prodaná Nevěsta*），不禁痛惜彼底死在监禁养育院里的作者。波海米亚歌剧，就因了他底这首《交换新娘》而得到世界的地位的。

十八世纪作家，有庞大狂（jumbalism）的通病。十八世纪末的裴德文，也是一个庞大狂者。他们专重长章大篇的声乐曲、交响乐、奏鸣乐〔奏鸣曲〕（sonata），至于小品的 sketch，全然没有注意到。音乐上的 sketch，就是歌谣曲（lieder）。发见歌谣的伟大的，是修陪尔忒〔舒伯特〕（Schubert）。故修陪尔忒名为"歌曲之王"（King of Lieder）。

十八世纪的作家，只晓得象比黄莺儿魁伟，向日葵比可斯莫斯[①]高大。但不曾发见黄莺儿比象玲珑，可斯莫斯比向日葵优美。可怜发见这点的修陪尔忒，生前并不被人知名，全不受人崇敬的，穷苦里的人。修陪尔忒与裴德文同时代，但二人生前始终没有见面。裴德文直到临死时，始晓得世上有知音的修陪尔忒。修陪尔忒直到裴德文死后，始悔知音底失之交臂，就立刻追随他到地下，同葬在一个地方。江马修把这段历史做成一篇散文诗，使我读了流泪不已。这诗底大意译述在下面：

这样年轻的修陪尔忒，已崇拜那伟大的裴德文了，大家就是他所要保护的神明。但是修陪尔忒始终没有和裴德文相见。同时代的两个伟大的音乐家，又同住在一个地方，二人到底不得相会。他对于这样崇拜着的作曲家，当然是十分热望地想会见的。想是他底生来的孤僻性和对于大家的深挚的畏敬心，长久压住了他底难抑的热望，使他寂寞地笼闭在他自己的事业中。

后来恐防他是到了无论如何不能再抑制要见这稀世的

---

① 似指 cosmos，即大波斯菊。

天才的欲望了的时候了，他就拿了自己所作的曲，去立在裴德文底门前了。但主人不在，凑巧去散步了。于是他就留下了他底作曲的稿子，默默地回了去。

后来裴德文在病床上读了他底作曲，惊觉了这青年作曲家的天才，这样叫道：这里面有神明的闪光！

不久裴德文竟在重病的床上不再起来了。修陪尔忒听到了消息，这次他不能再踌躇了，他就跟了去描在死的床上的作曲家底肖像底友人，急忙来到了这悲哀的人家。于是他就立在那样热望会见的，稀世的人底近旁了！唉，但是裴德文已经失掉了意识了！已经不能晓得修陪尔忒底来了。于是两个伟大的灵魂，虽然这样相接近了，但在这世界里，到底没有交一言的情谊而长终了。

裴德文底举行葬式的时候，修陪尔忒当了持炬火的十二人中底一人，来送这逝世的魂。回来的时候他和几个友人到了一所酒馆里，说了这句话而尽杯："为现在席上最早死的人干杯！"

修陪尔忒竟抽着了这可悲的签，不久他也死了。他到了将近临终的时候，觉得自己已躺在墓穴了，说一句他底最后的话："这里没有裴德文睡着了！"

这便是世间两个大作曲家底运命。如今二人底铜像，在文纳〔维也纳〕底广场上并立着。

修陪尔忒死后九十五年忌辰后四天，在小杨柳屋。